Geschichten zum nachDENKEN

7 Tage

Bibliografische Information der Deutschen Nationalbibliothek:
Die Deutsche Nationalbibliothek verzeichnet diese Publikation
in der Deutschen Nationalbibliografie; detaillierte Daten sind im
Internet über http: // dnb.dnb.de abrufbar.

Stephanie Hilger
www.geschichten-zum-nachdenken.com

Lektorat: Elsa Rieger
www.elsarieger.at

Illustrationen: Sina Beyer
www.sinas-hobby-atelier.de

Herstellung und Verlag:
BoD Books on Demand,
Norderstedt
ISBN 9783743111912

Alle Rechte vorbehalten.

Danksagung

In erster Linie möchte ich mir selber danken. Dafür, dass ich den Mut und die Ausdauer hatte, dieses Buch zu schreiben.

Dieses Buch ist eine Liebeserklärung an meine Kinder.

Ich möchte Sie ermutigen, ein Leben zu führen, das Sie glücklich macht.

An einem verregneten Sommertag ...

Wieso hörte das nicht auf? Nur eine Minute, einfach nur einen kleinen Moment Ruhe. Ich war am Ende meiner Kräfte. Zusammengekauert hockte ich vor der Waschmaschine, die ich nur schnell einschalten wollte. Doch nicht einmal das war mehr möglich. Dabei dauert es doch nur wenige Sekunden, um die Treppe in den Keller runterzugehen, hinein in den Waschraum.

Ein paar Sekunden, etwas ganz Alltägliches. Etwas, wo man meinen müsste, dass es in völliger Ruhe und Stille möglich war, nachdem ich vorher eine geschlagene halbe Stunde dafür gesorgt hatte, dass drei Kinder einer Beschäftigung nachgehen. Räumlich getrennt voneinander, damit sie sich nicht in die Quere kommen konnten.

Im perfekten Moment schlich ich mich dann davon. Kaum war ich an der Kellertreppe angelangt und wollte gerade den Fuß auf die erste Stufe setzen, ließ mich ein herzzerreißendes „Maaaaama, Chris hat meinen Turm kaputt gemacht", zusammenzucken. Es folgte ein Knall, der sich wie eine Ohrfeige anhörte, darauf lautes Gebrüll und Geheule.

Jetzt gab es zwei Optionen für mich. Zurücklaufen und schlichten, so wie ich es gefühlte hundert Mal am Tag tat, oder die Angelegenheit ignorieren, in der Hoffnung, dass dies keine Kratzer, Bisse oder sogar Platzwunden zur Folge hatte.

Das Risiko war es mir dieses Mal wert. Und da saß ich nun, die Hände an die Ohren gepresst, das Kinn auf den angewinkelten Beinen und ich fühlte nichts. Keine Unzufriedenheit, keine Angst, keine Wut, einfach nur Leere.

Genau diese Leere bereitete mir seit Tagen schlaflose Nächte. Ich müsste eigentlich glücklich sein. Hatte ich doch drei wundervolle Kinder, einen erfolgreichen Mann und das Leben, das ich mir immer gewünscht hatte.

Vor etwa fünf Jahren sehnte ich mich danach, Hausfrau und Mutter zu sein, eine Schar Kinder um mich zu haben. Meine Arbeit als Grafikerin hatte mich nie erfüllt, aber als ich damals die Ausbildung anfing, war von Anfang an klar, dass ich in Papas Fußstapfen treten würde. Er selbst führte seit Jahren mehr oder weniger erfolgreich eine kleine Werbeagentur. Am Anfang machte mir die Arbeit auch wirklich Spaß, doch immer öfter schweiften meine Gedanken ab, verhingen sich im Irgendwo. Darüber vergaß ich oft die eigentlichen Aufgaben.

So richtig klar war mir zu dem Zeitpunkt nicht, was ich vom Leben erwartete. Ich spürte jedoch, in mir schlummerte etwas, das endlich raus wollte.

Als ich dann Marc kennenlernte, glaubte ich zu wissen, was es war: Die Sehnsucht nach einer eigenen Familie. Endlich ein Kind in den Armen zu halten, wurde zu meinem größten Wunsch. Dann ging alles ganz schnell. Marc war einige Jahre älter als ich und stand bereits mit beiden Beinen fest im Leben.

Er hatte in den letzten Jahren eine beachtliche Karriere als Bankmanager hingelegt und die Vorstellung, ein Leben an der Seite dieses Mannes zu führen, gefiel mir. Als dann Antonia das Licht der Welt erblickte, fühlte ich mich auch wirklich eine Zeit lang glücklicher, zufriedener und reicher. Reicher an Erfahrungen, an Liebe und reicher an schlaflosen Nächten.

Die kleine Antonia war ein braves Kind, an dem wir uns jeden Tag erfreuten. So war die logische Konsequenz, dass bald Kind Nummer zwei folgte. Marc war mit seinem Stammhalter überglücklich. Aber Tim war ein Schreikind, das mich in den ersten sechs Monaten um gefühlte fünf Jahre altern ließ. Ich wurde zu einem Nervenbündel. Die einfachsten Dinge im Haushalt kosteten mich enorm viel Überwindung. Auch Marc war in dieser Zeit häufig gereizt, wenn er spätabends von der Arbeit heimkam und ein unordentliches Haus und eine in Tränen aufgelöste Frau – mich – vorfand.

Es dauerte ein weiteres Jahr, bis ich mich einigermaßen davon erholt hatte. Denn es wurde nicht leichter. Zwei Kleinkinder im Auge zu behalten und nebenbei einen Haushalt einigermaßen zu führen, grenzte oft an ein Organisationswunder. Aber Organisieren hatte ich in meinem Beruf gelernt, und so klappte es allmählich recht gut.

Bis zu dem Morgen, als mir schrecklich übel wurde. Schon nach wenigen Tagen war klar, dass das nur einen Grund haben konnte. Nur zu gut kannte ich diese Symptome. Doch dieses Mal war etwas anders. Das

Hochgefühl, das ich bei den anderen beiden Schwangerschaften hatte, wollte sich einfach nicht einstellen. So sehr ich mich auch bemühte, dieser dritten Schwangerschaft etwas Positives abzugewinnen. Wie sollte ich das noch einmal durchstehen, war meine Hauptsorge.

Ich zögerte den Besuch beim Arzt Wochen hinaus. Und als ich mich dann durchgerungen hatte und das schlagende Herz sah, war ich dann doch wieder einfach nur überwältigt.

Marc war am Anfang regelrecht geschockt, doch das stand ihm auch zu. Schließlich brauchte auch ich Wochen, um mich an den Gedanken zu gewöhnen, in naher Zukunft zu fünft zu sein. Und im Sommer letzten Jahres wurde dann Chris geboren. Es folgte ein Jahr voller Entbehrungen und Anstrengungen. Aber auch ein Jahr voller Liebe, Kinderlachen und vieler schöner Augenblicke. Ich wollte keines der Kinder mehr missen. Sie sind ein Teil von mir, ohne den ich nicht mehr lebensfähig wäre. Jeder Tag kostete zwar eine Unmenge an Nerven, aber meistens reichte ein feuchter Schmatzer am Abend aus, um alles vergessen zu machen.

Und dennoch vermisste ich in all der Zeit eines: Das Gefühl, angekommen zu sein, zu wissen, wo mein Platz in dieser Welt war. Reichte es wirklich aus, der Nachwelt ein paar eigene Kinder zu überlassen? Kinder, die irgendwann ihr eigenes Leben führen würden? Ein Leben, in dem ich an den Rand ihres Universums

rücken würde, auch wenn ihre Liebe zu mir immer einen Platz in ihren Herzen behielte. Vielleicht war es noch zu früh, sich darüber Gedanken zu machen. Aber über mich musste ich dringend nachdenken. Das wusste ich.
Kinder, eine Familie, das war, was ich vom Leben erhofft hatte. Und nun reichte es mir nicht mal ansatzweise. Dieses Gefühl, das ich nur zu gut aus jungen Jahren kannte, schlich sich immer öfter ein und bettelte regelrecht, erhört zu werden. Doch was wollte es mir sagen?

Das Schreien der Kinder riss mich aus meinen Gedanken. Ich rappelte mich endlich hoch und lief die Treppe nach oben, um Schlimmeres zu verhindern. Und siehe da, die Lage schien doch einigermaßen unter Kontrolle zu sein.
Ich beschloss, mich nicht weiter einzumischen, und goss mir einen Kaffee ein. Die aktuelle Zeitung hatte ich in der Früh achtlos beiseitegelegt. Bevor die Kinder im Bett waren, konnte ich meistens eh keinen Blick darauf werfen. Während ich den Kaffee trank, überflog ich kurz die letzte Seite. Das war so eine Angewohnheit, Zeitungen von hinten nach vorn zu lesen. Mein Blick fiel auf die Anzeige eines kleinen Berggasthofs, mitten im Bayerischen Wald. Die Anzeige versprach eine Auszeit vom Alltagsstress. Ruhe für die Seele und für den Körper.
Den restlichen Tag über ertappte ich mich dabei, wie ich immer wieder an diese Annonce dachte. Wie schön

wäre es, einmal zu verreisen. Ganz ohne Familie. Ganz ohne die Menschen, von denen ich immer dachte, dass sie mich ausmachten.

Als dann abends endlich sechs Kinderaugen zugefallen waren und ich mich erschöpft auf den Sessel im Wohnzimmer fallen ließ, stand mein Entschluss fest: Ich würde verreisen.

Morgen früh würde ich gleich dort anrufen und ein Zimmer reservieren. Vielleicht half diese Reise, zu mir selbst zu finden. Wenn das nicht in den geplanten 7 Tagen möglich wäre, wann dann?

Kapitel 1

„Bist du denn nicht glücklich, Jessica?", fragte Marc mich mit vorwurfsvollem Blick, der sogleich erste Zweifel an meiner Entscheidung auslöste. Er hatte mir nie einen Grund geliefert, unzufrieden zu sein. Im Gegenteil. In seiner Position als Abteilungsleiter verdiente er gut, und so konnte ich mir öfter etwas gönnen, ohne deswegen ein schlechtes Gewissen zu haben.

Er war eindeutig gekränkt. Ich wollte nicht, dass er dachte, das Leben, für das er jeden Tag hart arbeitete, würde mir nicht mehr reichen. Im Gegenteil. Ich war ihm sehr dankbar dafür, was er alles für uns tat und uns ermöglichte. Ich musste ihm besser erklären, dass es nicht um ihn ging, und auch nicht um das Leben, das wir führten.

„Mir fehlt einfach eine Aufgabe, die mich begeistert. Etwas, in dem ich mich wiederfinde", sagte ich leise. Ich kannte meinen Mann nur zu gut und wusste, es würde nicht einfach werden, ihm meine Gefühle und Gedanken begreiflich zu machen, und schon antwortete er: „Geh doch wieder arbeiten, dann hast du was zu tun!" Das ärgerte und verletzte mich zutiefst. Nichts von dem, was ich gerade sagte, verstand er.

„Ums reine Geldverdienen geht es mir gar nicht. Natürlich ist das eine Sache, die man nicht aus den Augen lassen soll. Und wenn wir Geld brauchen, gehe ich natürlich wieder arbeiten", gab ich zurück, obwohl ich genau wusste, ich hatte momentan keine Kraft, mich auch noch für den Beruf zu zerreißen. Noch mehr unter meinen Hut zu bringen, schien mir in der jetzigen Situation fast unmöglich.

Aber ich hätte von vorne herein wissen müssen, dass mein Mann für meinen Wunsch kein Verständnis aufbringen würde. Er hatte keine Träume, keine Visionen. In ihm loderte kein Feuer, für das er alles geben würde. Natürlich, er liebte uns, aber damit meinte ich auch etwas anderes – Lebensträume. Für ihn zählten immer nur Tatsachen, Fakten, Zahlen, Ergebnisse.

Am Anfang waren es gerade seine Zielstrebigkeit und sein Ehrgeiz gewesen, die mich so faszinierte. Aber immer mehr wünschte ich mir, er wäre manchmal menschlicher und herzlicher.

Ich konnte mich gar nicht erinnern, wann er mich das letzte Mal, ohne besonderen Anlass, in den Arm genommen hatte. Als wir uns kennenlernten, war dieses Funkeln in seinen Augen, doch es war nach und nach erloschen. Ich wusste nicht, ob es an mir lag oder einfach an der großen Verantwortung, die durch die Kinder auf unseren Schultern lastete. Ein Stück weit hatten wir sicher vergessen, dass wir nicht nur Eltern waren, sondern außerdem Mann und Frau. Doch der Alltag ließ nicht viel Raum für Spontanität und Zeit zu zweit. Vielleicht war es genau diese Routine, die mich ins Grübeln brachte. Zunächst stellte es noch eine Herausforderung dar, die Tage und Nächte mit drei kleinen Kindern zu bewältigen. Doch mittlerweile hatte sich alles eingespielt. Für die Kinder war diese Routine sinnvoll. Aber meine persönliche Entfaltung blieb dabei auf der Strecke.

In den letzten Jahren hatte ich gut gelernt, mich bei meinen Kindern durchzusetzen, jedoch meinen Mann zu überzeugen, fiel mir schwer.
„Wie stellst du dir das vor, so mir nichts, dir nichts zu verreisen? Die Versorgung der Familie, das Waschen, Putzen? Gar nicht zu reden von den seelischen Schäden, die unsere Kinder davontragen, wenn du sie plötzlich so lange alleine lässt!"
„Welch ein Glück ist es, dass Mütter immun gegen Unfälle und Krankheiten jeder Art sind, vor allem vor denen, die einen längeren Aufenthalt im Krankenhaus nach sich ziehen", antwortete ich. Aber das ließ er nicht gelten. In solchen Fällen schaltete er immer auf stur. Was-wäre-wenn-Gedanken waren noch nie seine Art gewesen. Für ihn zählten nur knallharte Fakten.
„Und deswegen soll ich fünf Tage meines wertvollen Urlaubs opfern und sämtliche wichtigen Termine verschieben?"
„Ja, bitte", sagte ich beherrscht, statt ihn anzuschreien, was ich lieber gemacht hätte.
An diesem Abend diskutierten wir noch lange. Oder vielmehr war ich es, die, nahezu schon verzweifelt, versuchte, ihn umzustimmen. Fast am Ende meiner Kraft angelangt, hatte ich eine Idee: Ich musste ihn mit seinen eigenen Waffen schlagen. Jeder weitere Wortwechsel würde im Sand verlaufen und zu nichts führen. Deshalb setzte ich meine Schmollschnute auf und

beachtete ihn nicht mehr. Er wusste, es war nun sinnlos, das Gespräch weiterzuführen. Nach ein paar Minuten, in denen er noch ziellos durch das Fernsehprogramm schaltete, stand er schweigend auf und ging schlafen.

Auf diesen Moment hatte ich gewartet. Als die Tür ins Schloss gefallen war, schnappte ich mir den Laptop und reservierte per E-Mail eines der schönsten Zimmer in diesem Gasthof. Ich konnte es mir schon bildlich vorstellen. Morgens würde ich in aller Ruhe auf dem Balkon einen Kaffee trinken und anschließend zu ausgedehnten Spaziergängen aufbrechen. Alles andere würde die Zeit und die Ruhe mit sich bringen. Da war ich mir sicher. Zufrieden und von einer inneren Gelassenheit erfüllt, wollte ich gerade den Laptop schließen, als mein Postfach aufblinkte. Wer würde mir so spät noch schreiben?

Ich hatte, seit ich Mutter von drei Kindern war, nicht mehr viele Freunde. Nach und nach hatten sich all jene, deren Dasein nur aus Arbeit und Party bestand, aus meinem Leben geschlichen. Am Anfang war es mir gar nicht aufgefallen. War ich doch viel zu sehr mit meiner Familie beschäftigt. Doch irgendwann fing ich an, einen Teil meines alten Lebens zu vermissen. Diese Unbeschwertheit.

Gerne hätte ich mich mit einer meiner alten Freundinnen auf einen Kaffee getroffen. Um sich einfach mal wieder auszutauschen und sich ein bisschen was von der Seele zu reden.

Doch fehlte mir der Mut, eine von ihnen zu fragen. So viele Monate waren nun vergangen, wo sich keine bei mir gemeldet hatte. In Zeiten der digitalen Möglichkeiten wäre eine kurze SMS eigentlich drin gewesen. Ein einfaches „Hallo, wie geht's", darüber hätte ich mich schon sehr gefreut. Ich bekam natürlich mit, dass sich meine alte Clique noch öfter traf.

Dass keiner auf die Idee kam, mich zu fragen, ob ich etwa auch Lust hätte, verletzte mich. Natürlich hatte es auch Zeiten gegeben, ganz am Anfang, wo alles noch neu war für mich, ein Baby zu versorgen. Oft musste ich meinen Freundinnen absagen. Mal war es ein Zahn, dann Koliken, dann wieder irgendeine Phase oder ein Schub, und manchmal war es aber auch einfach nur bleierne Müdigkeit. Allmählich kamen immer weniger Anrufe und Nachrichten, geschweige denn Besuche.

Lag es an dem Lärmpegel, spätestens seit dem zweiten Kind an der Unordnung im Haus, oder einfach daran, dass ich mich nicht fünf Minuten hinsetzen konnte, um gemütlich einen Kaffee zu trinken, ohne dass eines der drei Kinder etwas von mir wollte?

Es wäre einfacher für mich gewesen, wenn sie mich darauf angesprochen hätten. Aber dieses Schweigen und langsame Abwenden war für mich im Laufe der Zeit unerträglich geworden.

Es gab Tage, da bereute ich es deshalb, so früh Mutter geworden zu sein. Dabei hatte ich es mir so schön vorgestellt. Mich mit meinen Mädels vormittags zum Kaffeeklatsch treffen und die Nachmittage gemeinsam auf

Spielplätzen zu verbringen. Doch alle meine Freundinnen hatten andere Pläne und gingen einen anderen Weg als ich. Einen Weg, den ich nun nicht mehr gehen konnte und auch nicht mehr gehen wollte.

So sehr ich auch an manchen Tagen am Ende meiner Kräfte war, noch mehr liebte ich es, alles, was ich besaß, an meine Kinder weiterzugeben. Ich unterdrückte eine Träne, die sich bildete. Immer wenn ich, so wie jetzt, abends alleine auf der Couch saß, wurde ich sentimental. Welches Glück ich mit meinen drei kleinen Zwergen und Marc hatte, war mir absolut klar. Hatte ich doch alles bekommen, was ich mir vom Leben erhofft hatte. Einen kurzen Moment haderte ich mit meiner Entscheidung.

Mein Blick fiel wieder auf den Laptop. Neugierig drückte ich auf das Posteingangszeichen und öffnete die neue Nachricht mit einem Mausklick.

Betreff: „Vielen Dank für die Reservierung."

So, nun gab es kein Zurück mehr. Schnell druckte ich die Bestätigung aus und legte sie auf den Küchentisch, wohlwissend, Marc würde garantiert einen Blick darauf werfen, wenn er sich seinen allmorgendlichen Kaffee machte. Etwas mulmig war mir schon zumute. Irgendwie hatte ich ihn übergangen. Doch andererseits hatte er mir keine andere Wahl gelassen. Ich würde das Richtige tun, und er würde das irgendwann verstehen. Müde, aber auch glücklich über meinen mutigen Schritt, knipste ich alle Lichter aus und ging die Treppe hinauf ins Schlafzimmer. Marc schlief bereits und ich drückte ihm einen zärtlichen Kuss auf die Wange.

Dann kroch ich unter meine Bettdecke und schloss die Augen.

Meinen Kindern konnte man ja einiges nachsagen. Aber was die nächtliche Ruhe bedeutet, hatten sie mittlerweile verstanden. Und trotzdem fand ich in dieser Nacht kaum Schlaf. Ich konnte nicht aufhören, an die bevorstehende Reise zu denken, und ja, ich hatte Angst. Angst, meine Kinder alleine zu lassen, und Angst, dass ich mich alleine fühlen würde.
Wusste ich überhaupt noch etwas mit mir anzufangen, nach all den Jahren, wo ich nur noch für meine Familie gelebt hatte? Stück für Stück hatte ich alles aufgegeben, aus Zeitmangel oder aus Mangel an Durchsetzungsvermögen. Immer musste ich mich rechtfertigen, wenn ich mal ein paar Stunden ganz für mich alleine sein wollte. Weder mein Mann noch meine Mutter hatten verstanden, dass ich oft nicht mehr konnte. Irgendwann hatte ich aufgehört, es ihnen zu erklären und still gelitten. Aber dieses eine Mal würde ich mich durchsetzen. Ich war fest entschlossen, diese Reise anzutreten.

Es war kurz vor sieben und ich genoss die paar ruhigen Minuten, die mir noch blieben, bevor der alltägliche Wahnsinn begann. Ich goss mir den Rest Kaffee ein, den Marc übrig gelassen hatte, und betrachtete das Schreiben. Er musste es gelesen haben. Ich hatte die zwei Seiten ordentlich aufeinandergelegt. Und weil mein Mann es mit der Ordnung zu Hause nicht so hatte, war das nun nicht mehr der Fall. Ich wurde nervös. Wenn Marc mein Vorhaben billigte, musste er heute seinen Urlaub beantragen. Ich konnte mich nicht daran erinnern, wann ich ihn das letzte Mal um einen so großen Gefallen gebeten hatte. Hatte ich überhaupt schon einmal so etwas derart Egoistisches von ihm verlangt? Dabei war es doch auch ein Stück weit egoistisch von ihm, zu glauben, mir würde die Rolle der Hausfrau und Mutter genügen.

Den ganzen Tag über war ich nicht bei der Sache. Ich hatte so sehr auf einen Anruf oder eine kurze Nachricht gehofft. Doch nichts. Leider wusste ich auch nicht, ob heute ein wichtiges Meeting anstand. Sonst hätte ich den ausbleibenden Anruf einfach darauf schieben können, dass er wohl keine Zeit fand, um sich bei mir zu melden. Nachmittags ging ich, wie fast jeden Tag, mit meinen Kindern zum nahegelegenen Spielplatz. Ohne Aktivitäten an der frischen Luft waren sie einfach nicht ausgelastet, was dazu führte, dass sie unerträglich wurden. Aber auch mir tat der kühle Wind gut, der heute wehte. Ich verdrängte meine Nervosität und genoss es, mit den Kindern zu toben.

Als ich klein war, war ich immer draußen gewesen. Schneller, höher, lauter – war meine Devise. Ich hatte es vorgezogen, mit den Jungs im Wald Räuber zu spielen, anstatt mit den Mädchen die neuesten Puppen zu bestaunen. Da kamen meine Kinder definitiv nach mir. Mein Mann dagegen war ein richtiger Stubenhocker. Ich war froh, dass ich es wenigstens an den Sonn- und Feiertagen schaffte, ihn vom Schreibtisch wegzulocken. Denn wenn er dann mal draußen war, genoss er es auch wieder richtig, ab und zu Kind sein zu dürfen. Die Tage ohne mich, nur er mit den Kindern, würden ihm gut tun.

Als ich gegen sieben Uhr abends hörte, wie das Garagentor geöffnet wurde, dann die Tür ins Schloss fiel, war ich mit meiner Geduld am Ende. Es fühlte sich an, als hätte mir jemand die Luft zum Atmen genommen. Ich konnte Marc kaum in die Augen schauen, als er hereinkam. Und doch erkannte ich es an seinem Blick. Sechs Ehejahre logen einfach nicht. Da war es wieder, dieses wundervolle Gefühl der Gewissheit, man kann sich auf den anderen verlassen. Ein Schmunzeln huschte über seine Lippen und er nickte zustimmend. Dann wurde er von den Kindern in Beschlag genommen. Und das war völlig in Ordnung. Es brauchte keine großen Worte – er hatte verstanden.

Die Abreise

Ich hatte meine sieben Sachen schnell beieinander. Da ich nicht vorhatte, groß auszugehen und die Nächte zum Tag zu machen, packte ich nur das Nötigste ein. Vielmehr wollte ich die Ruhe und die Natur auf mich wirken lassen. Deshalb würden die paar legeren Hosen und Oberteile locker ausreichen. Außer meiner sündteuren Hose – für alle Fälle – und ein paar neuer Oberteile, die ich mir noch schnell besorgt hatte, wanderte nichts weiter in meinen Koffer.

Mir war aufgefallen, dass ich schon Monate nicht mehr einkaufen gewesen war. Seit meine Kinder auf der Welt waren, hatte ich das Interesse an der aktuellen Mode verloren. Ich fand es seitdem höchst interessant und belustigend, wie meine Freundinnen immer noch jedem noch so seltsamen Trend hinterherjagten. Ich hingegen fühlte mich am wohlsten in meiner Jeans. Bequem und praktisch. So musste es sein. Auch wenn wir das Geld dazu hatten und ich es mir ruhig hätte leisten können, war ich keine, die es mit beiden Händen aus dem Fenster warf. Die Sparsamkeit hatte ich definitiv von meiner Mutter. Ich war so erzogen worden und darauf war ich stolz. Bodenständig, ehrlich und fleißig. Das waren genau die Eigenschaften, die ich meinen Kindern vermitteln wollte. Letztendlich war es mir egal, welchen Weg sie einmal in beruflicher oder privater Hinsicht einschlugen, solange sie diese Charakterzüge besaßen, konnten aus ihnen nur gute Menschen werden. Sie sollten glücklich werden. Das war alles, was ich mir für sie wünschte.

Und da standen sie nun, meine Vier. Meine Familie. Es ist das eine, zu sagen, man tut etwas. Es dann auch wirklich zu machen, ist wieder eine ganz andere Sache. Ich kämpfte gegen die aufsteigenden Tränen an. Denn vor den Kindern wollte ich auf keinen Fall anfangen zu weinen. In diesem Moment hätte ich am liebsten meinen Koffer wieder ausgepackt und die Aktion abgeblasen. Ich bekam es mit der Angst zu tun, die Kleinen würden es vielleicht nicht verkraften, so lange ohne ihre Mutter zu sein.

Auch wenn sie noch kein Zeitgefühl besaßen wie wir Erwachsenen, würden sie es wohl merken. Mir wurde ganz schwer ums Herz. Und schließlich war Marc es, der mit seiner ruhigen und doch sehr energischen Art meinen Koffer ins Auto lud. Er nahm mich ganz fest in den Arm und küsste mich innig.

„Ich werde dich vermissen, pass auf dich auf", flüsterte er mir ins Ohr. „Pass du gut auf die Kinder auf – ich liebe dich", erwiderte ich. Und sanft löste ich mich aus der Umarmung.

Mein Mann wusste, dass nun er der Stärkere sein musste, und so schob er die Kinder, nach nicht enden wollenden Umarmungen und Küssen, Richtung Küche und schloss hinter sich die Tür.

Mit einem komischen Kribbeln im Bauch, aber auch mit Vorfreude stieg ich ins Auto, drehte den Schlüssel um und die Musik laut auf. Vor mir lagen nun eineinhalb Stunden ruhige Autofahrt. Allein das war wie Urlaub. Denn mit drei Kindern wurde jede Autofahrt schnell zur nervlichen Zerreißprobe. Ich war selten ganz ohne Kinder unterwegs, genoss es jetzt umso mehr und drehte die Musik gleich noch lauter, um richtig mitgrölen zu können.

Je weiter ich von zu Hause weg war, umso leichter fühlte ich mich. Als würde ich mit jedem Kilometer Entfernung, den ich zurücklegte, an Ballast verlieren. Und mit Ballast meinte ich nicht meine Kinder, sondern die damit verbundene Verantwortung und die immer gegenwärtigen Ängste. Zum ersten Mal hatte ich das nun in die Hände meines Mannes gelegt. Ich freute mich richtig auf die Woche und konnte es kaum noch erwarten, endlich anzukommen.

Kapitel 2

Der Gasthof war idyllisch gelegen, mitten auf einer Wiese, von Wald umschlossen. Trotzdem fand ich gleich den Weg, was mich unglaublich stolz machte, weil ich eher damit gerechnet hatte, dass ich mich zigmal verfahren und öfters nach dem Weg fragen müsste.

Mit seinem alten Holzverschlag erinnerte mich der Gasthof an mein Elternhaus. Bevor es meine Eltern aufwendig renovierten, hatte es genau diesen Charme, den für mich unser Haus immer ausgemacht hatte.

Über die schmale Kiesstraße gelangte ich direkt auf den kleinen Parkplatz, der wohl zu diesem Gasthof gehörte, denn weit und breit war kein anderes Haus zu sehen. Auch hier war alles verwildert, aber auf eine gepflegte Art, die es schon wieder romantisch wirken ließ. Man merkte auf den ersten Blick, dieses kleine Schmuckstück wurde von Leuten betrieben, denen ihre Gäste noch am Herzen lagen, und die noch den Menschen und nicht einfach nur einen zahlenden Kunden sahen. Ich konnte es kaum erwarten, das Haus von innen zu sehen. Vor allem auf mein Zimmer war ich sehr gespannt. Mit meinem kleinen Koffer war der Weg bis zur Treppe, die auf die Terrasse führte, kein Problem. Von der Terrasse aus hatte man einen herrlichen Blick auf die Landschaft. Es würde bestimmt schön sein, hier bei Kaffee und Kuchen zu sitzen. Suchend schaute ich mich nach einer Eingangstür um und bemerkte beschämt, dass ich direkt davor stand. Ich war wohl von dem Ausblick so gefesselt gewesen, dass sie mir gar nicht aufgefallen war. Als ich die Tür öffnete, kam mir gleich ein wunderbarer Geruch entgegen. Ich schloss unweigerlich die Augen und fühlte mich für einen Moment in meine Kindheit zurückversetzt. Es roch nach Äpfeln, Zimt und frisch aufgebrühtem Tee.

Eine recht derbe Stimme riss mich aus meinen Gedanken. Ein Mann, bestimmt schon an die siebzig, stand vor mir. Groß und mächtig gebaut, bekleidet mit einem Holzfällerhemd und einer alten Stoffhose, die von Hosenträgern gehalten wurde. Er strahlte eine unglaubliche Wärme aus. Ich ahnte sofort, dass es sich hier um den Besitzer handeln musste. Er begrüßte mich herzlich und zeigte mir, nachdem er sich kurz als Marius vorgestellt hatte, mein Zimmer. Ich war dankbar und froh darüber, denn nach der - wenn auch nur kurzen - Autofahrt, wollte ich mich ein bisschen frisch machen. Der Einladung des älteren Herren, von dem gerade frisch gemachten Apfelstrudel zu kosten, kam ich gerne nach. Für ein Frühstück schien es mir mittlerweile zu spät zu sein. Aber so eine kleine Stärkung kam mir gerade recht, denn durch die ganze Aufregung hatte ich gar nicht gemerkt, welch einen Hunger ich mittlerweile hatte.

Das Zimmer war gemütlich, wenn auch nur mit dem Nötigsten ausgestattet. Aber ich war sowieso kein Mensch, der großen Schnickschnack brauchte. Mir reichte dieses Zimmer, das durch die großen Fenster

sehr freundlich wirkte, vollkommen aus, um mich hier die nächsten Tage wohlfühlen zu können.
Mein Magen knurrte und so ging ich schnell die Treppe hinunter in den kleinen Nebenraum, wo das Frühstück und nachmittags der Kuchen serviert wurden. Der Raum war klein, aber gemütlich und übersichtlich eingerichtet. Augenblicklich fühlte ich mich wohl. Ich hatte vor der Abreise große Angst, dass mir alles zu fremd vorkommen würde und ich mich gar nicht richtig entspannen könnte.
Doch dann war ich überrascht, weil sich gleich beim ersten Anblick dieses Gasthofes ein Gefühl von Ruhe eingestellt hatte. Ich wurde den Eindruck nicht los, hier schon einmal gewesen zu sein. Das alles erinnerte mich stark an etwas. Aber es war gewiss nur die Art, wie dieses Gasthaus, das mich an ein Haus aus Omas Zeiten erinnerte, detailverliebt gepflegt und gehegt war. Vielleicht war es nicht mal das Haus, sondern vielmehr die Menschen, die darin lebten. War es deren Ruhe, deren Glück und Gelassenheit, die ich spürte? Ich setzte mich gleich an den ersten freien Tisch.
Die freundliche, junge Bedienung servierte mir den Tee, den ich vorhin bei dem älteren Herrn bestellt hatte, und ein Stück vom Apfelstrudel. Während ich ihn aß, dachte ich zum ersten Mal seit der Ankunft wieder an zu Hause. Antonia liebte, genau wie ich, Apfelstrudel über alles. Leider hatte ich es in den letzten Monaten nicht geschafft, so eine aufwendige Mehlspeise zuzubereiten. Überhaupt musste meine Große sehr oft

zurückstecken. Sie war die Älteste und damit auch automatisch die Vernünftigste. Obwohl sie mit ihren fünf Jahren ja auch noch ein kleiner Trotzkopf war und bestimmt gerne öfter bemuttert werden würde. Manchmal kamen mir Zweifel, ob es richtig war, meine ersten beiden Kinder so schnell hintereinander zu bekommen. Ich war einfach naiv gewesen und hatte geglaubt, es würde beim Zweiten noch leichter werden. Gerade die erste Zeit war ich wirklich oft überfordert. Ich wollte natürlich alles perfekt machen, wie wohl jede Mutter. Und musste mir immer mehr eingestehen, ich war nicht in der Lage, allem und jedem gerecht zu werden. Die logische Konsequenz war damals einfach, dass ich denjenigen vernachlässigt hatte, wo es mir am leichtesten erschien, Abstriche zu machen. Nämlich mich selber. Aber nun war ich hier, um das zu ändern.

Satt und zufrieden lehnte ich mich zurück und ließ meinen Blick durch den Raum wandern. Außer mir saß noch ein älteres Ehepaar an einem Tisch und genoss gerade ein verspätetes Frühstück. Man sah den beiden an der Art und Weise, wie sie miteinander umgingen an, dass sie immer noch sehr glücklich sein mussten. Liebevolle Blicke und kleine Gesten der Zuneigung wurden ausgetauscht. Ob ich und Marc in vierzig Jahren auch so da sitzen würden? Glücklich darüber, dass wir uns hatten?
Ich zweifelte nie daran, dass er der Richtige war, und das, obwohl wir ziemlich unterschiedlich sind. Er war

schon immer jemand gewesen, der Entscheidungen mit dem Kopf fällte, ich hingegen traf fast alle aus dem Bauch heraus. Über einen Entschluss, den ich gerade gefällt hatte, hätte er Wochen nachgedacht und pro und kontra abgewogen. Ich dagegen handelte impulsiv und oft auch unüberlegt. Vielleicht ergänzten wir uns deshalb so gut, weil jeder den anderen ein bisschen ausbremste.

Während ich über meinen Mann nachdachte, fiel mein Blick auf eine junge Frau. Sie saß an einem kleinen Tisch in der hintersten Nische. Da sie seitlich zu mir saß, und die Säule, die den Raum teilte, dazwischen stand, konnte es gut möglich sein, dass ich sie deswegen nicht bemerkt hatte. Eigentlich war es nicht meine Art, andere Menschen derart anzustarren. Doch irgendwas an dieser Frau faszinierte mich. Wie alt sie wohl sein mochte? Ende zwanzig, tippte ich. Ihre braunen Locken wirkten ungepflegt. Alles an ihr sah irgendwie vernachlässigt aus. Plötzlich drehte sie den Kopf und sah genau in meine Richtung, unsere Blicke trafen sich nur für einen kurzen Moment, und ein Schauder lief mir über den Rücken. Ich hatte alles erwartet. Ein noch ungepflegteres Gesicht oder gar eine Narbe, die sie entstellte. Alles, aber nicht das.

Es waren ihre Augen, die mir so einen Schrecken einjagten. Diese Leere darin ließ mir das Blut in den Adern gefrieren. Die Frau trank noch einen Schluck aus ihrer Tasse, richtete sich auf und ging durch die Tür, ohne auch nur einmal nach links oder rechts zu schauen. Und weg war sie.

Der Ausdruck in ihren Augen passte zu ihrem ganzen Erscheinungsbild, resümierte ich. Sie trug eine ausgewaschene Jeans, die etwas zu groß geraten war, und ein schlabbriges schwarzes T-Shirt. Bestimmt hatte sie eine gute Figur, so viel hatte ich erkennen können. Doch wie es aussah, wollte sie diese nicht zeigen.
Den restlichen Tag über konnte ich nicht aufhören, an diese Frau zu denken. Was hatte sie bewogen, hierher zu fahren? Alleine? Ich war da, weil ich Kraft tanken und zu mir selber finden wollte. Aber in meinen Augen lag, soweit ich das selber beurteilen konnte, bei Weitem nicht diese Traurigkeit und Hilflosigkeit, da war ich mir sicher. Insgeheim hoffte ich, wir hätten am Abend die Gelegenheit, ein paar Worte auszutauschen.
Eigentlich war ich nicht darauf aus, Kontakte zu knüpfen. Zu sehr war ich noch von meinen alten Freundinnen enttäuscht. Ich hatte geglaubt, eine Freundschaft, die schon seit Jahren besteht, würde auch für den Rest des Lebens halten. Andererseits hatten meine Freundinnen und ich immer viel Spaß zusammen gehabt. Schöne Zeiten waren das, wo wir jedes Wochenende um die Häuser gezogen sind. Wir waren alle auf einem Level – wollten alle das Gleiche vom Leben. Und das war Vergnügen haben, Männer kennenlernen und erfolgreich sein. Doch dann hatten sich meine Prioritäten verschoben und ich war abends zu kaputt, um auszugehen. Übrig blieben die Elterngespräche oder Plaudereien mit anderen Müttern über die Kinder.

Immer öfter sehnte ich mich aber nach tiefgründigeren Gesprächen. Wie gut hätte es getan, wenn ich die letzten Jahre manchmal jemanden gehabt hätte, dem ich mich anvertrauen hätte können. Ganz ohne Angst, als schlechte Mutter abgestempelt zu werden. Einfach mal den Gefühlen freien Lauf zu lassen und in den Arm genommen zu werden. Ich wünschte mir einen Menschen, der mich blind versteht, eine Art Seelenverwandtschaft. Doch je älter ich wurde, umso schwieriger war es, eine Freundschaft aufzubauen, und ich hatte mich damit abgefunden. Vielleicht musste ich auch selber erst einmal bei mir ankommen, um wieder offen für andere zu werden.

Ich ging an diesem Tag viele Stunden spazieren. Die Bewegung an der frischen Luft tat mir gut und ich konnte meinen Gedanken nachhängen. Ich merkte, wie ich ruhiger und gelassener wurde. Die herrliche Natur tat ihr Übriges dazu. Lange saß ich auf einer Bank am Rande des Waldes. Ich schloss die Augen und genoss das Plätschern des Baches, der neben dem Weg entlanglief. Es roch herrlich nach Laub und frisch gemähter Wiese. Am liebsten wäre ich den Rest meines Lebens hier sitzen geblieben. Mir wurde unwohl dabei, wenn ich an den Tumult zu Hause dachte. An den ganzen Stress, den ein Haushalt mit drei Kindern nun mal mit sich brachte. An manchen Tagen kam ich mir vor wie ein schimpfender Putzlappen, der nur hinter den Kindern und manchmal auch hinter meinem Mann her wischte und dabei immer meckerte. Ich wollte nie so werden, aber es fiel mir immer schwerer, geduldig zu sein und manche Dinge einfach so hinzunehmen. Aber so war das mit Kindern. Ein Fass ohne Boden. Und nun musste sich Marc damit herumschlagen, während ich herrliche Tage vor mir hatte.

Am Schluss war es wohl mein knurrender Magen, der mich zurück zum Gasthof lockte. Als ich die schwere Holztür öffnete, roch es herrlich nach Fleisch. Schnell ging ich die Treppe hinauf in mein Zimmer und machte mich zurecht.

Da es beim Abendessen zum Glück nicht so vornehm zuging, wählte ich eine dunkle Stoffhose und mein neues weißes T-Shirt. Es war aus einem angenehm leichten, seidigen Stoff, der sich toll auf der Haut anfühlte. Wenn ich mich so im Spiegel betrachtete, musste ich feststellen, dass die Kinder meiner Figur nichts hatten anhaben können. Zumindest im angezogenen Zustand war ich für meine Anfang dreißig noch immer gut aussehend. Die dunkelblonden Haare hatte ich locker zu einem Knoten zusammengedreht und ein paar Strähnen heraus gezupft. Nur zwei Falten auf der Stirn deuteten auf den Stress der letzten Jahre hin. Ich fühlte mich wunderbar, hopste die Treppe hinunter und freute mich auf das leckere Essen.

Kapitel 3

Der Wirt begrüßte mich herzlich mit einem: „Sie sehen aber erholt aus!", worauf ich zustimmend nickte und lächelte. Dann führte er mich an meinen Platz. Für einen Moment war ich irritiert. Die Frau von heute Morgen saß bereits an diesem Tisch und sah mich mit einem ebenfalls leicht irritierten Gesichtsausdruck an.

Der Wirt musste wohl unsere Verlegenheit bemerkt haben, denn er entschuldigte sich sofort dafür, dass er uns an einen Tisch gesetzt hatte, ohne vorher zu fragen. Doch leider sei es ihm heute nicht anders möglich, weil er die anderen Tische später für eine größere Gesellschaft brauche. Morgen könnten wir wieder wie geplant einzeln an Tischen sitzen. Ich schaute zu der Frau und fragte sie, ob das in Ordnung für sie wäre. Sie nickte zustimmend.

Ihr Gesichtsausdruck blieb die ganze Zeit über undurchdringlich und seltsam melancholisch. Ich setzte mich auf die gegenüberliegende Bank und bestellte mir ein Glas Rotwein. Zu meiner Erleichterung bemerkte ich, dass auch sie ein Glas Wein vor sich stehen hatte. So hatten wir zumindest schon mal eine Gemeinsamkeit. Ich wusste nicht so recht, wie ich das Gespräch anfangen sollte. Und ich spürte, ihr erging es genauso. Als der Wirt mit meinem Getränk kam, trank ich erleichtert einen großen Schluck. Wohlige Wärme breitete sich in mir aus. Viel zu selten gönnte ich mir zu Hause ein Glas Wein, was zur Folge hatte, dass ich nun gar nichts mehr gewöhnt war.

Die ganze Zeit über hatte ich eifrig in der Speisekarte gelesen. Ich wusste von Anfang an, was ich mir bestellen wollte, war aber froh, vorzutäuschen, in die Speisenauswahl vertieft zu sein. Als der Wirt die Essenswünsche und damit auch die Speisekarte mitnahm, raubte er mir mein kleines Versteck, das mich die letzten Minuten beschützt hatte, und ließ mich nun ziemlich bloßgestellt und unsicher zurück. Die Frau zupfte an ihrer Serviette herum, was auch nicht für viel Selbstbewusstsein sprach und ich hätte es ihr gerne gleichgetan. Ich nahm nochmal einen großen Schluck, atmete tief ein, schaute ihr in die Augen und nahm all meinen Mut zusammen.

„Ist das auch deine erste Nacht hier?", fragte ich.

Ihr Blick wurde etwas wacher und sie antwortete mit einer wundervoll weichen Stimme, die ich nicht erwartet hätte: „Nein, das ist heute meine letzte Nacht, ich werde gleich morgen früh abreisen."

Ich wusste nicht so recht, sollte ich es bedauern, dass sie schon wieder abreiste oder mich darüber wundern, denn diese Frau sah aus, als hätte sie die letzten Tage durchgemacht und kaum gegessen. Ich mochte mir gar nicht vorstellen, wie sie bei ihrer Ankunft hier ausgesehen hatte.

„Hast du eine lange Heimreise vor dir?", fragte ich höflich.

Jetzt schon deutlich interessierter antwortete sie: „Es sind nur zwei Stunden Autofahrt."

Bevor ich wieder eine Frage stellen wollte, um das Gespräch nur ja nicht einschlafen zu lassen, streckte sie mir ihre Hand entgegen. Ich war verwirrt und erfreut zugleich. Sie stellte sich mir als Angelina vor. Ein hübscher Name. Wenn auch sehr untypisch für ihre ländliche Gegend, wie sie mir später erzählte.

Als ich ihr meinen Namen sagte, bildete sich eine Falte auf ihrer Stirn und sie zog so schnell ihre Hand aus meiner, dass ich schon Angst hatte, etwas Falsches gesagt zu haben. Aber nach einem kurzen Moment schien sie sich wieder gefasst zu haben, und wir sprachen weiter. So mühsam auch der Beginn war, umso gelöster und lockerer sprudelten jetzt die Worte aus ihr heraus. Sie erzählte von dem Ort, aus dem sie stammte. Es sei wundervoll, an einem Ort zu wohnen, wo jeder jeden kannte, sagte sie. Ich konnte ihr nur zustimmen und je länger wir uns unterhielten, desto mehr Gemeinsamkeiten stellten wir fest. Der Wirt brachte unser Essen, und ich fühlte mich schon fast etwas gestört dadurch. Als er uns fragte, ob wir ein weiteres Glas Wein wollten, nickten wir gleichzeitig. Und zum ersten Mal, seit ich sie am Morgen so traurig und verloren an ihrem Tisch sitzen gesehen hatte, huschte ein Lächeln über Angelinas Gesicht. Es war nur ein kleines, ganz zaghaftes Verziehen der Mundwinkel, aber es reichte aus, um ihr Gesicht in einem ganz anderen Licht erstrahlen zu lassen. Sie hatte ohne Zweifel ein wunderschönes, ebenmäßiges Gesicht.

Auch während des Essens führten wir unsere Unterhaltung weiter, und als der Wirt die Teller abgeräumt und uns das dritte Glas Wein gebracht hatte, wurden unsere Gespräche immer intensiver.

Längst ging es nicht mehr nur um alltägliche Themen. Ich erzählte ihr, was mich hierher getrieben hatte. Von dieser Leere in mir. Und obwohl sie mitfühlend nickte, merkte ich doch, dass sie mich nicht wirklich verstand. Die ganze Zeit über brannte es mir auf der Zunge. Zu gerne wollte ich auch ihre Geschichte hören. Mittlerweile dämmerte es schon, und als wir beim vierten Glas Wein angelangt waren, fiel mir auf, dass wir die Einzigen waren, die noch nicht gegangen waren. Ich nahm wie selbstverständlich Angelinas Hand, die neben ihrem Glas lag, und sagte: „So und jetzt will ich deine Geschichte hören!"

Ich merkte, wie schwer es ihr fiel, darüber zu reden, und bereute schon fast, dass ich sie mit meiner Frage bedrängt hatte. Zögernd fing sie an, aber bald wurden ihre Sätze flüssiger und es sprudelte aus ihr heraus.

„Es fing vor etwa fünf Jahren an. Ich war mit meinem damaligen Freund schon recht lange zusammen. Bei uns auf dem Dorf war es keine Seltenheit, dass die erste große Liebe auch die Einzige blieb. Und so war auch für mich von Anfang an klar, dass ich mit Jonas zusammenbleiben wollte. Alles war perfekt. Ich war damals noch keine 23, als wir beschlossen, Eltern zu werden. Voller Vorfreude stürzten wir uns in dieses Abenteuer. Wie schön stellte ich es mir vor, schwanger zu sein, ein kleines Baby in den Armen halten zu dürfen. In meinem Kopf hatte ich mir bereits alles zurechtgelegt. Es würde definitiv ein Mädchen werden. Ich war felsenfest davon überzeugt, dass es gleich beim ersten Mal klappen würde. Sogar den Geburtstermin hatte ich mir schon ausgerechnet."

Angelina schaute mich scheu an, in ihren Augen lag eine stumme Frage. Ich lächelte aufmunternd.

„Ja, bitte erzähle weiter", sagte ich.

Sichtlich entspannter setzte sie fort: „Weil man ja nach Absetzen der Pille nicht genau wusste, wann die fruchtbaren Tage waren, ging ich nach sechs Wochen zum Arzt. Es war bei uns am Land üblich, dass man auch bei solchen Sachen den Hausarzt aufsuchte. O Gott, ich war so aufgeregt, als ich da im Wartezimmer saß und wartete, dass mein Name aufgerufen wurde. Unendlich erschienen mir die Minuten, bis endlich die Tür geöffnet wurde und ich dran war. Ich hatte mir schon die ganze Zeit überlegt, wie ich anfangen sollte. Als ich aber jetzt auf dem Sessel vor dem Arzt saß und er mich erwartungsvoll anblickte, stotterte ich nur leise, dass ich schwanger sei.

Dann wollen wir mal sehen, meinte er daraufhin und wir gingen in das andere Zimmer, wo sich das Ultraschallgerät befand. Es war mir peinlich, dass ich zu zittern anfing, als er das Gerät auf meinem Bauch hin und her bewegte. Aber immerhin würde ich gleich das Herz unseres Babys zum ersten Mal schlagen sehen. Ich konnte es kaum noch erwarten, die Worte „Sie sind schwanger" aus dem Mund des Arztes zu hören. Er nahm das Ultraschallgerät weg, wischte meinen Bauch ab und sagte, er sehe nichts.

Es fühlte sich an, als hätte mir jemand einen Hammer gegen meinen Kopf geschlagen.

Wir machten noch einen Schwangerschaftstest per Urin. Aber all das nahm ich nur noch am Rande wahr. Wie konnte es sein, dass ich nicht schwanger war? In meiner ganzen Verwandtschaft, egal ob Mama, Oma oder Tante, bei allen hatte es auf Anhieb geklappt. Ich war wie selbstverständlich davon ausgegangen, dass es bei mir genauso sein würde. Umso größer war die Enttäuschung. Gleich nach dem Arztbesuch wollte ich niedliche Babysocken kaufen und meinen Freund damit überraschen."

Angelina schluckte und Tränen kamen hoch, ich ergriff ihre Hand. „Wenn es dir zu viel wird, können wir gern morgen..."

„Nein", unterbrach sie mich, „ich reise doch ab, und möchte es so gern endlich loswerden, wenn es okay für dich ist. Oder belaste ich dich zu sehr damit?"

Ich schüttelte den Kopf und antwortete: „Keineswegs, Angelina, ich möchte es sehr gern hören."

Da schluckte sie noch einmal, als würde sie die aufsteigende Angst runterschlucken, um weiter erzählen zu können.

„Am Abend, als Jonas endlich von der Arbeit kam, erzählte ich es ihm gleich. Weil ich ihn ja überraschen wollte, hatte ich ihm nichts von dem Ausbleiben meiner Tage erzählt. Natürlich war er enttäuscht, aber er machte mir auch Mut. Er meinte, so schlimm wäre es nicht und wir hätten noch so viel Zeit. Wir würden es einfach weiter versuchen und beim nächsten Mal würde es schon klappen.

Und tatsächlich hatte er es mit seiner einfühlsamen Art geschafft, mich aufzumuntern. Eigentlich hatte er ja recht. Es war naiv, zu glauben, es würde beim ersten Mal gleich funktionieren. Und so freute ich mich voller Hoffnung auf die nächsten Wochen.

Aus den Wochen wurden Monate und schließlich war fast ein ganzes Jahr vergangen, ohne dass sich etwas getan hatte. Mittlerweile war das Warten, Hoffen und wieder enttäuscht werden unerträglich geworden. Auch Jonas wurde langsam ungeduldig, auch wenn er sich nichts anmerken ließ, um es mir nicht noch schwerer zu machen. Aber ich spürte wohl, wie sehr es ihm zusetzte. Weil ich endlich Gewissheit wollte, gingen wir beide zu verschiedenen Ärzten. Das war alles sehr unangenehm und befremdlich. Wir redeten nicht viel darüber, was bei den jeweiligen Ärzten gemacht wurde. Letztendlich ging es ja auch nur darum, herauszufinden, warum es einfach nicht klappen wollte.

Die Testergebnisse hatten wir zu unserem Hausarzt schicken lassen. Ich kann mich noch so gut an diesen Tag erinnern. Es war ein verregneter und kalter Oktobertag. Das Wetter passte zu meiner Stimmung. Ich hatte Angst vor diesem Termin, aber irgendwie war ich auch froh, dass wir bald Gewissheit haben würden. Und da saßen wir dann, mit zittrigen Knien und schweißnassen Händen."

Ich sah, wie Angelina ihre Hände an den Jeans abwischte, die Erinnerung verursachte jetzt, an dem Tisch des Gasthofes, körperliche Reaktionen. Spontan stand ich auf und setzte mich neben sie auf die Bank. Sie atmete tief durch und sprach weiter.

„Irgendwie habe ich es unserem Arzt gleich angesehen, dass er keine guten Nachrichten hatte. Aber dass sie so schlecht ausfielen, damit hatte ich nicht gerechnet. Ich war ihm immer sehr dankbar, dass er alles sehr verständlich und geradeheraus sagte. Nicht das übliche Doktorgerede, das kein Mensch verstand. Aber dieses eine Mal wünschte ich mir, er hätte es nicht getan. Die Sätze haben sich in mir eingebrannt und werden mich wohl ein Leben lang nicht mehr loslassen. Er sagte, dass es ihm leid tut, aber wir werden wohl auf eigene Kinder verzichten müssen.

Das saß erst mal. Ich habe das zuerst gar nicht realisiert. Irgendwie habe ich da immer noch an einen schlechten Scherz geglaubt. Wie sollte das denn möglich sein, wir waren doch kerngesund. Und Nichtraucher noch dazu. Ja gut, hin und wieder tranken wir beide gerne mal einen über den Durst, aber daran konnte es kaum liegen. Was dann folgte, war eine endlose Litanei von Erläuterungen über künstliche Befruchtung bis hin zu der Möglichkeit, ein Kind zu adoptieren. Mein Freund war noch in der Lage, sich artig für das Gespräch zu bedanken, bevor ich weinend das Zimmer verließ.

Die ersten Tage nach diesem Vorfall war ich zu nichts zu gebrauchen. Das war es nun, dachte ich immer wieder. Künstliche Befruchtung schien für mich so weit weg zu sein. Ich hatte das vorher nur von Prominenten in diversen Klatschzeitschriften gelesen. Aber so richtig etwas vorstellen unter den Begriff „ICSI" konnte ich mir nichts. Nachdem ich den ersten Schock verdaut hatte, begann ich im Internet zu recherchieren. Aber das Ergebnis war niederschmetternd.

Bevor man keine 25 Jahre und nicht verheiratet war, konnte man die ganze Sache sowieso vergessen. Ich fragte mich, warum der Arzt sich überhaupt die Mühe gemacht hatte, uns alle Möglichkeiten aufzuzählen, wenn wir dann vom Staat nicht einmal eine Chance bekamen, diese zu nutzen. Wir wollten uns schon damit abfinden, da bin ich zufällig auf den Bericht einer Frau gestoßen, die für ihren Kinderwunsch sogar ins Ausland reiste. Diese Möglichkeit hatten wir noch gar nicht in Erwägung gezogen. Sofort griff ich nach diesem Strohhalm und informierte mich erneut. Und dieses Mal mit deutlich mehr Erfolg. Im Ausland war es uns nicht nur erlaubt, jetzt schon und auch noch unverheiratet, auf künstlichem Wege ein Kind zu zeugen. Es galten dort auch andere Gesetze, was die Entwicklung der Blastos anbelangt." Angelina musste meinen fragenden Gesichtsausdruck bemerkt haben. „Die Begriffe ICSI und Blastos sagen dir nichts, oder?"

„Nein, erklärst du mir bitte, was das genau ist?", fragte ich interessiert.

„Sehr gerne. Bei der ICSI Behandlung werden die Eizellen, nachdem sie entnommen wurden, mit dem Spermium befruchtet. Du kannst dir das so vorstellen. Mit einer Art Minispritze wird es direkt in die Eizelle gepflanzt. Wenn es sich weiterentwickelt, wird die befruchtete Eizelle am fünften Tag zum Blasto. Das ist dann, für viele Ärzte, das perfekte Stadium, um die Blastos wieder in die Gebärmutter einzusetzen. Und genau hier ist der Haken. In Deutschland darf höchstens bis zum vierten Tag kultiviert werden. Im Ausland hingegen bis zum Blasto. Außerdem war es dort auch um einiges günstiger. Und weil wir sowieso keinen Zuschuss erwarten konnten, spielte das natürlich auch eine große Rolle bei unserer Entscheidung."

„Das habe ich soweit verstanden, bitte erzähl weiter."
„Gerne. Bei der Auswahl der Klinik verließ ich mich ganz auf das Urteil derjenigen, die bereits eine Behandlung hinter sich hatten oder gerade in einer steckten. Ich hatte mich dazu in einem Forum für Kinderwunsch angemeldet. Der Austausch dort tat mir gut. Wir wären nie auf die Idee gekommen, uns unseren Freunden anzuvertrauen. Es hatte viel mit Scham zu tun. Scham darüber, dass uns das Normalste auf der Welt nicht gelingen wollte. Alle meine Freundinnen, die anscheinend problemlos schwanger werden würden, könnten das sowieso nicht verstehen. Mit einem unerfüllten Wunsch nach einem Baby stirbt mit jedem negativen Versuch ein Stück des Kindes, das man nie hatte. Eine Frau, die bereits Kinder hat, und diesen Weg nicht gehen musste, würde das nicht verstehen. Und so schweigen wir all die Jahre. Mir blieben nur meine virtuellen Freunde. Die gaben mir in den Zeiten des Hoffens und Bangens immer wieder neuen Mut und Kraft."

Angelina seufzte und lehnte sich zurück. Sie wandte den Blick von mir ab und richtete ihn zum Fenster. In mir entstand großes Mitgefühl, Angelinas Not tat mir richtiggehend weh.

Nach einer Weile sprach sie weiter: „Die Klinik in Polen, die wir dann aufsuchten, war eigentlich ganz in Ordnung. Nicht das, was man in Deutschland unter einer Klinik versteht. Es hatte nicht den Charakter eines Krankenhauses, und auch von außen erinnerte es mehr an eine Pension. Beim ersten Mal sind wir glatt daran vorbeigefahren, weil wir nicht damit gerechnet hatten, in diesem Haus eine Praxis vorzufinden. Überhaupt war alles ganz anders, als wir es erwartet hatten. Wir wurden herzlich und sehr persönlich begrüßt. Nachdem unsere Daten aufgenommen waren, führte man uns in das Wartezimmer.

Es war schon ein komisches Gefühl, plötzlich unter lauter Gleichgesinnten, von Angesicht zu Angesicht, zu sitzen. Irgendwie hatte ich große Lust auf eine Vorstellungsrunde. So wie es damals in der Schule immer üblich war. Nur dieses Mal würde es heißen, „Wir kommen aus XY, sind YX alt und das ist unser YX Versuch. Und ja, wir glauben immer noch, dass es bei diesem Versuch jetzt wirklich klappen wird." Aber es war vielmehr der Raum des Schweigens, wie ich ihn immer nannte.

Es fiel wohl nicht nur uns schwer, die Dinge beim Namen zu nennen. Ich habe dort viele ältere Paare gesehen. An eine Frau kann ich mich noch recht gut erinnern. Ich sah sie zum zweiten Mal im Aufwachzimmer nach der Entnahme der Eizellen. Sie war bestimmt schon an die vierzig Jahre. Hätte ich sie vor einem Jahr auf der Straße, hochschwanger gesehen, hätte ich mir bestimmt gedacht, was möchte die noch mit einem Kind. Würde ich sie jetzt sehen, ginge mir durch den Kopf: Die Jahre der Verzweiflung, der vielen Tränen und des erfolglosen Übens haben sich für diese Frau gelohnt.

Seit ich diesen Weg gehen muss, sehe ich viele Dinge mit anderen Augen. Ich urteile nicht mehr voreilig über andere Menschen. Man weiß nie, welches Schicksal dahintersteckt. Ich habe unzählige Frauen kennengelernt, von denen man es am wenigsten erwartet hätte, dass auch sie dieses Schicksal getroffen hat. Es war ja keine Krankheit im Sinne eines Ausschlages, den man jedem sofort ansehen würde. Ja, es war eine Krankheit. Eine Krankheit, die bedingt behandelbar war. Eine Krankheit, die man laut deutscher Gesetze erst ab 25 Jahren behandeln darf. Das ist doch Irrsinn." Angelina wirkte aufgebracht.

„Aber was nutzte es schon, sich immer wieder darüber aufzuregen. Vielleicht bräuchten wir mal eine Familienministerin, die dasselbe Problem hat, ja, vielleicht würde sich dann mal etwas tun.

Aber die Kosten waren ja nicht das Schlimmste an der ganzen Geschichte. Es waren die unzähligen Medikamente, die ich gleich bei unserem ersten Besuch in der Klinik bekommen hatte, um meine Hormone zu stimulieren.

Davon auch eines, das ich in Form von Spritzen anwenden musste. Bereits die Medikamente kosteten einige hunderte Euros. Aber immerhin waren sie billiger als in Deutschland. Die ganze Behandlung hatte uns, wenn man alle vorher benötigten Tests und die Medikamente mitrechnete, an die 3.500 Euro gekostet. Sprit und die Übernachtungskosten kamen noch dazu. Da wir über fünf Stunden fahren mussten, war eine Rückreise am selben Tag, vor allem nach der Entnahme der Eizellen, viel zu anstrengend. Am Anfang hatte ich gehofft, es würde ausreichen, wenn wir zur Entnahme und zum Einsetzen anreisen würden. Aber da hatten wir uns leider getäuscht.

Auch während der Stimulationsphase mussten wir oft, von heute auf morgen, zur Ultraschallkontrolle kommen. Das war für uns beide eine extreme körperliche Belastung. Ich war durch die Medikamente oft so down, dass ich mich nur noch im Bett verkriechen wollte.

Mein eigentliches Leben zog an mir vorbei. Ich lebte nur noch von einer Tablette zur nächsten. Mein ganzer Tagesablauf richtete sich nach den Spritzen und Pillen.

Beim ersten Versuch waren wir noch voller Hoffnung. Jonas war sich so sicher, dass wir zu den glücklichen fünf Prozent gehören, bei denen es gleich beim ersten Mal klappen würde. Idiotisch im Nachhinein, wie man sich daran so festklammern kann. Aber nur deshalb konnte ich wahrscheinlich alles gefasst ertragen. Manchmal hab ich mich gefühlt wie ein Tier, das nur zum Gebären existiert. Hört sich grob an. Aber meine Gedanken drehten sich nur noch um das Eine. Ich wollte mich selber schützen, und ließ das alles nicht zu nah an mich ran. Ich ließ es einfach geschehen, sollten die Ärzte doch einfach machen, dass ich schwanger wurde. Mehr wollte ich doch gar nicht. Nach der ersten Eizellenentnahme hatte ich tagelang furchtbare Schmerzen. Ich sah aus, als wenn ich bereits im 6. Monat schwanger wäre. Durch eine Überstimulation wegen der großen Zahl an Eizellen war es zu enormen Wassereinlagerungen neben den Nieren gekommen. Ich konnte weder liegen, noch gehen, geschweige denn sitzen. Manchmal hatte ich Angst, ich würde gleich platzen. Vor allem aber, wie erklärst du deinen Mitmenschen, dass du so aussiehst, wie du aussiehst? Neben den körperlichen Schmerzen wurde die Behandlung auch zu einer großen seelischen Belastung. Dadurch, dass wir beschlossen hatten, es für uns zu behalten, bauten wir uns immer mehr ein Netz aus Lügen und Ausreden auf. Sogar seine Eltern mussten wir belügen, was mir unglaublich schwer fiel. In der Arbeit brauchten wir beide immer öfter kurzfristig frei, weil wieder Ultraschalltermine oder Eingriffe stattfanden. Auch hier mussten wir uns die unglaublichsten Ausreden einfallen lassen.

In gewisser Weise führten wir die letzten Jahre ein Doppelleben. Für unsere Freunde und Bekannten waren wir das Paar, das noch keine Kinder wollte. Wir taten, als könnten wir es nicht verstehen, so jung schon Eltern werden zu wollen. Vor Freunden, die ein Baby

erwarteten, zogen wir uns immer mehr zurück. Es war schrecklich für mich, mit ansehen zu müssen, wie deren Bauch wuchs. Denn immer, wenn ich diese Bäuche sah, musste ich daran denken, wie oft ich schon schwanger hätte sein können.
Seit der ersten Behandlung waren nun bereits sechs Jahre vergangen. Im Grunde lief es immer gleich ab. Nach der Eizellenentnahme wurde diese befruchtet und dann fünf Tage kultiviert. Leider hatten sich bei uns immer nur maximal zwei Blastos gebildet, die mir dann auch eingesetzt wurden. So nahm man uns jedes Mal die Möglichkeit auf eine Kryo. Dabei werden die entwickelten Blastos eingefroren und erst am Tag des Transfers wieder aufgetaut. Oft überlebten das nicht einmal die Hälfte, aber es ist wenigstens eine Chance auf einen weiteren Versuch. Dieser wäre um ein Vielfaches günstiger und weniger zeitaufwendig gewesen. Auch wären da die Spritzen zur Stimulation weggefallen."
Angelina nahm einen Schluck von dem Wein. Ihre Stimme war schon etwas rau und klang trocken. Sie spielte mit dem Glas, rückte es hin und her. „Ich hoffe, ich langweile dich nicht, Jessica, bitte sag es mir ehrlich", sie musterte mich.
„Auf keinen Fall", antwortete ich wahrheitsgemäß, ich konnte ihr den Schmerz so gut nachfühlen.
„Es tut mir so gut, dir alles sagen zu können", meinte sie dankbar. „Die Behandlungen hatten all unser Erspartes aufgebraucht. Klar, wir hätten uns den Gesetzen beugen, und später, als ich 25 Jahre war, heiraten

können. Dann wären uns immerhin fünfzig Prozent Zuschuss bei drei Behandlungen sicher gewesen. Und natürlich wollten wir irgendwann einmal heiraten. Aber doch nicht so. Nein, so wollte ich nicht vor den Altar treten. Es sollte doch in der heutigen Zeit möglich sein, aus freiem Entschluss zu heiraten. Nur aus dem einen Grund, weil man sich liebt. Aber da sieht man wieder, wie erpressbar wir sind. Nein, da hatte ich meinen Stolz. Außerdem könnten wir uns jetzt nicht mal die andere Hälfte der Behandlungskosten leisten."
Angelinas Stimme klang wütend.
„Reicht es denn nicht, dass man die körperlichen und seelischen Beschwerden alleine tragen muss? Muss denn da vonseiten der Regierung noch nachgetreten werden?"
Sie schüttelte den Kopf.
„Irgendwann war Ende. Uns gingen das Geld und die Kraft aus. Das war vor ein paar Wochen. Wir mussten uns entscheiden. Entweder verkaufen wir unser Haus, um weitermachen zu können wie die letzten Jahre oder wir finden uns damit ab und richten unsere Lebensziele neu aus. Meinem Mann fiel die Entscheidung leichter. Ich hatte ihm schon seit einiger Zeit angemerkt, dass er so nicht mehr weitermachen wollte. Doch für mich war und ist es immer noch schwer zu begreifen, dass uns kein Kind vergönnt ist. Ich weiß oft nicht, soll ich wütend oder traurig sein. Oder einfach beides. Dann möchte ich mich am liebsten verkriechen und nicht mehr sein. Was soll ich denn jetzt nur tun, wie soll es weitergehen?"

Angelina lehnte sich erschöpft zurück. Während der ganzen Zeit hatte sie tapfer ihre Tränen zurückgehalten. Aber jetzt ließ sie ihren Gefühlen freien Lauf. Ich brauchte nichts zu sagen. Denn jedes Wort wäre überflüssig gewesen. Ich nahm sie fest in den Arm. Sie legte ihren Kopf auf meine Schultern und weinte hemmungslos. Ich streichelte ihr dabei über die Haare und den Rücken. Ich konnte nichts, absolut gar nichts für sie tun.

Es dauerte lange, bis Angelina sich einigermaßen gefasst hatte. Sie hob den Kopf und schaute mich an. Ich wischte ihr die Tränen von der Wange und hielt ihre Hand.

„Angelina es tut mir so leid", flüsterte ich.

Sie nickte, sagte: „Ich weiß. Ich danke dir fürs Zuhören."

Erst jetzt fiel uns auf, dass es draußen schon stockfinster war. Mittlerweile war es weit nach Mitternacht. Aber müde war ich noch gar nicht. Angelinas Geschichte hatte mich so sehr aufgewühlt, dass ich mir sicher war, sowieso keinen Schlaf zu finden.

Plötzlich dachte ich daran, dass sie ja morgen früh abreisen wollte. Schade, dachte ich bedrückt. Es wäre schön gewesen, wenn ich noch ein paar Tage mit ihr verbringen hätte können. Angelina musste dasselbe gedacht haben, denn als der Wirt reinkam, buchte sie kurzerhand noch ein Frühstück für den morgigen Tag dazu. Sehr zu meiner Freude. Wir redeten noch ein bisschen, dann beschlossen wir, ins Bett zu gehen.

Wir verabschiedeten uns herzlich und wünschten einander eine Gute Nacht.

Kapitel 4

Da lag ich nun, alleine in diesem Bett, und fühlte mich sehr einsam. Mich plagten schreckliche Schuldgefühle.

Wie hatte ich nur denken können, meine Kinder würden mir zu viel werden. Wieso konnte ich dieses Gefühl haben, meine Kinder verhinderten, dass ich mich selbst weiter entwickelte? Ich hatte doch alles, was Angelina sich wünschte und nicht bekam. Ich überlegte hin und her, wie ich ihr helfen könnte. Doch mir fiel absolut nichts ein. Mehr als ihr zuzuhören und für sie da zu sein, war mir nicht möglich. Sie selbst hatte ja auch erzählt, wie machtlos sie sich fühlte.

Es ist ungerecht, fuhr es mir durch den Kopf. Angelina war so eine herzliche, liebenswerte Person. Es war unfair, dass sie so ein Schicksal traf. Sie würde bestimmt eine wundervolle Mutter abgeben. Sie war viel ruhiger als ich. Ich musste daran denken, wie sie geweint hatte. Fast so, als hätte sich ein ganzer See aus Tränen angestaut. Nun war der Damm gebrochen und alles musste raus. Ich selbst weinte oft, weil das reinigend wie ein Gewitter auf mich wirkte. Ich konnte mir schwer vorstellen, dass Angelina alles über Jahre aus Rücksicht auf ihren Mann und ihre Umwelt in sich rein gefressen hatte. Kein Wunder, dass sie fast daran kaputtgegangen war. Irgendwann, es war nun schon nach drei Uhr, wurden meine Augen schwer und ich sank in einen unruhigen Schlaf.

Die Sonne kitzelte meine Nase, als ich aufwachte. Ich wollte noch nicht aufstehen. Mit einem Seufzer zog ich mir die Decke über den Kopf. Langsam dämmerte es mir. Ich dachte zurück an die Anreise, den Gasthof, in dem ich mich befand, und an Angelina. Wir waren zum Frühstücken verabredet, fiel es mir ein. Mit einem Ruck richtete ich mich auf. Das war allerdings keine so gute Idee. Ich fasste mir mit beiden Händen an den Kopf. O Gott, er fühlte sich schwer wie Stein an. Es war gestern Abend wohl doch das ein oder andere Glas Wein zu viel gewesen. Träge schleppte ich mich ins Bad und stellte die Dusche an. Tatsächlich machte mich das kalte Wasser, das ich auf mich herunter strömen ließ, gleich viel wacher. Meine Laune wurde etwas besser. Schnell trocknete ich mich ab und zog mir die Hose von gestern und ein neues T-Shirt an. Die Haare ließ ich einfach lufttrocknen, ich wollte Angelina nicht warten lassen.

Als ich den Frühstücksraum betrat, saß Angelina bereits an einem Tisch. Ich hatte die Tür noch nicht geschlossen, da blickte sie schon zu mir auf. „Guten Morgen, na, schon fit?", begrüßte sie mich.
„Guten Morgen. Es geht so einigermaßen", erwiderte ich. An ihrem Tisch war bereits für zwei gedeckt, und es fühlte sich ganz selbstverständlich an, als ich mich zu ihr setzte. „Jetzt brauch ich aber ein richtiges Katerfrühstück, hast du schon bestellt"?
„Nein", erwiderte sie, „Kannst gleich zwei draus machen". Sie lachte. Wow, das erste Mal sah ich sie so

herzlich lachen. Erst jetzt fiel mir auf, sie wirkte heute früh ganz anders. Kein Vergleich mehr zum Vortag. Sie musste die Haare gewaschen haben, denn wunderschöne Locken fielen ihr duftig über die Schulter. Sie trug zwar immer noch dieselbe ausgebleichte Jeans, aber dazu ein schwarzes, enges Oberteil, das ihr wirklich gut stand. Aber viel wichtiger war etwas anderes: Schaute ich in ihre Augen, erblickte ich nicht mehr diese Leere, die mir noch vor wenigen Stunden so viel Angst gemacht hatte. Jetzt glaubte ich sehen zu können, dass sich etwas in ihr gelöst hatte, und in ihren Augen ein Funken Hoffnung war.

„Gut schaust du aus", zwinkerte ich ihr zu.

„Danke!" Ihr Gesichtsausdruck wurde wieder ernst. „Es hat so gutgetan, sich einmal alles von der Seele reden zu können. Ich habe mich immer so alleine gefühlt."

„Ich kann dich gut verstehen", erwiderte ich. „Ich bin froh, dich getroffen zu haben." Ich drückte ihre Hand.

„Ich auch", sagte sie, „und jetzt frühstücken wir erst mal ausgiebig!" Ihr Lachen kehrte zurück.

Wir plauderten, als würden wir uns schon ewig kennen. Ohne Angst, der andere könnte etwas falsch verstehen, sprachen wir alle Themen an, die uns auf dem Herzen lagen. Wir hatten sehr viel gemeinsam. Rein äußerlich glichen wir uns aber überhaupt nicht. Ich fand ihre Locken wunderschön, während sie gern glattes Haar wie ich gehabt hätte. Ein typisches Frauenproblem eben, worüber wir herzhaft lachten.

Angelina würde erst am späten Nachmittag abreisen, so blieb uns noch genügend Zeit für einen ausgiebigen Spaziergang. Ich wollte ihr unbedingt die Bank am Waldrand zeigen. Aber wie sich herausstellte, kannte sie diese bereits. Auch sie war in den letzten Tagen oft an diesem Platz gewesen und hatte nachgedacht. Am Tag zuvor mussten wir uns nur knapp verpasst haben. Gleich nach dem Frühstück wollten wir aufbrechen. Da es ein gutes Stück zu Fuß war, ließen wir uns noch einen Picknickkorb zusammenstellen. So brauchten wir nicht extra wegen eines Mittagessens zurückgehen. Außerdem war das Wetter heute so herrlich, es bot sich geradezu an, den Tag draußen zu verbringen.

Angelina wollte noch schnell eine Decke holen, ich blieb sitzen und nützte die Zeit, Marc anzurufen. Wir hatten vereinbart, dass ich mich jeden Morgen melden würde. Da waren die Kinder üblicherweise noch bestens gelaunt, und ein Gespräch, bei dem man den anderen sogar verstand, war möglich. Es läutete ein paar Mal durch, bis Marc endlich abnahm.
„Ja", meldete er sich.
„Hallo, ich bin's", gab ich zurück. „Ah, hallo. Und wie geht es dir?"
„Gut, es ist wunderschön hier. Das Wetter ist auch toll und das Essen vorzüglich. Wie geht es dir und den Kindern, klappt alles?", fragte ich. „Ach, Chris ist ziemlich quengelig, aber sonst läuft alles. Wir sitzen gerade am Tisch und frühstücken."

Ich wunderte mich, dass es so ruhig war. Als könnte er meine Gedanken lesen, sprach Marc weiter: „Wir haben heute mal das Glas mit der Nougatcreme geköpft."
Ich musste schmunzeln. Die gab es bei uns nur selten. Gewöhnlich endete das in einer ziemlichen Sauerei. Aber damit waren sie zumindest während des Frühstücks ruhiggestellt.
„Und was habt ihr heute geplant", fragte ich gespannt. Ich hatte ja den Verdacht, er würde es sich einfach machen, und meine Mutter einladen zu helfen. Aber da hatte ich mich getäuscht.
„Wir gehen jetzt erst einmal raus und waschen das Auto. Und dann sehen wir weiter", sagte er.
„Hurra, Auto putzen", hörte ich im Hintergrund Antonia rufen. „Ado", gluckste unser Jüngster. Mir wurde ganz schwer ums Herz, als ich die Kinder hörte.
„Vermissen sie mich?", wollte ich wissen.
„Sie fragen öfter nach dir, aber keine Angst, es fließen keine Tränen. Du kannst also beruhigt sein und deine Auszeit genießen, Schatz!"
Schon wurde es mir etwas leichter. Angelina kam gerade rein.
„Okay Schatz, ich muss jetzt auch. Drück die Kinder ganz lieb von mir. Ich melde mich wieder."
„Mach ich, bis dann", und schon war er weg. Ich wartete noch, bis ich das Piepen im Telefon hörte, dann legte ich auf. Zügig trank ich meinen Kaffee aus und dann brachen wir auf.

Es wurde wirklich ein wunderschöner Tag. Ich konnte mich nicht mehr daran erinnern, wann ich das letzte Mal so viel Spaß mit einer Freundin hatte. Wir lachten und scherzten miteinander. Aber als wir dann zu Mittag auf der Picknickdecke saßen und die mitgebrachte Brotzeit verspeisten, schnitt ich noch einmal das Thema des gestrigen Abends an. Ich konnte nicht glauben, dass es wirklich keine Möglichkeit mehr für Angelina und ihren Freund gab.

Aber für sie stand fest, sie konnten einfach nicht mehr. Und selbst wenn sie noch einmal die Kraft fänden, wären sie finanziell so ausgebrannt, weswegen es sowieso nicht mehr möglich sei, antwortete sie. Sie erzählte mir von dem Haus, das sie sich gleich zu Beginn ihrer Beziehung gekauft hatten. Von dem hohen Kredit und den Unkosten, die sie jeden Monat tragen mussten. Die ganzen ICSIs hatten ein großes Loch in die Haushaltskasse gefressen, von dem sie sich erst einmal erholen müssten. Und das würde Jahre dauern, wie sie mir berichtete.

Mit gut 4.000 Euro, die eine Behandlung mit allem Drum und Dran kostete, konnte ich mir gut vorstellen, dass so etwas für ein Paar mit mittlerem Einkommen schnell zum Problem werden würde. Wie schlimm musste es sein, aus Geldgründen kein eigenes Baby bekommen zu können. Aber Angelina winkte ab.

„Das Geld hat uns, solange wir es hatten, nie belastet. Wir haben keinen Gedanken daran verschwendet, wie viel davon für unseren Kinderwunsch draufgehen würde. Was sollten wir mit dem ganzen Geld, das wir uns zusammengespart hatten, denn auch anstellen, wo wir doch nur eines wollten, ein Kind. Natürlich, jetzt ist es weg, aber wir haben es zumindest versucht. Ich muss mir nie die Frage stellen, was wäre gewesen, wenn wir es noch einmal probiert hätten. Wir haben es so oft versucht, wie es finanziell, körperlich und seelisch tragbar war. Auch wenn uns die Ärzte nach dem vierten Versuch zu einer Pause von einem Jahr geraten haben. Für uns wäre das nur verlorene Zeit gewesen."

„Ihr müsst ein tolles Paar sein, du kannst dich glücklich schätzen, diesen Mann an deiner Seite zu haben."
Angelina legte ihr Kinn auf die angewinkelten Knie und ich merkte ihr an, wie sie kurz überlegte, ehe sie antwortete. „Ich muss zugeben, dass ich zu Beginn unseres Abenteuers oft Zweifel hatte. Ich habe mich gefragt, wie es wohl gelaufen wäre, hätte ich jemand anderen kennengelernt. Aber gleichzeitig schämte ich mich für meine Gedanken. Ich war so glücklich mit meinem Freund und wollte nie einen anderen. Mit den Jahren wuchs unsere Beziehung daran. Denn auch für ihn war das alles nicht einfach. Er sprach fast nie darüber, aber immer öfter zog er sich zurück. Vor allem dann, wenn wir wieder ein negatives Ergebnis erhalten hatten, dauerte es Tage, bis er wieder der alte Jonas war. Am Schluss hatte ich viel zu sehr mit mir und meinem eigenen Schmerz zu kämpfen, als dass ich ihm noch eine Stütze hätte sein können. Und ich glaube, dass unsere Beziehung fast daran gescheitert wäre.

Wir wurden, ohne dass wir es merkten, zu Einzelkämpfern, obwohl wir doch beide nur eines wollten: Eine kleine glückliche Familie. Ich kann dir gar nicht sagen, wie er es schafft, mit der Entscheidung, unseren Kinderwunsch nun endgültig zu begraben, umzugehen. Aber für mich stand fest, dass ich erst einmal raus musste. Durch eine Bekannte habe ich von diesem Gasthof erfahren und spontan ein Zimmer gebucht." Als Angelina aufhörte zu erzählen, sah ich, wie in ihren Augen Tränen standen.

„Du vermisst ihn sehr, oder?", fragte ich sie.

„Schrecklich, er fehlt mir so. Ich will ihn nicht auch noch verlieren", brach es aus ihr heraus. Und wieder begann sie zu weinen.

Irgendwann lagen wir auf der Decke und blickten in den Himmel. Wir hielten uns dabei fest an den Händen. Stumm schauten wir den Wolken zu, wie sie vorüberzogen.

„Gibt es eine Seelenverwandtschaft zwischen Frauen?", flüsterte sie plötzlich.

Ich flüsterte zurück, so leise, dass sich kaum meine Lippen bewegten: „Noch gestern hätte ich die Frage mit nein beantwortet." Ich drehte den Kopf zur Seite und lächelte Angelina an. Sie tat das auch und formte die Lippen zu einem fast unhörbaren Satz: „Ich auch, aber nun hab ich ja dich."

Ich nickte und lächelte. Ein Seufzer entfuhr mir. „Schade, dass du heute schon abreisen musst", sagte ich nun etwas lauter.

„Ja, wirklich schade, aber leider ruft die Arbeit." Angelina war Pferdewirtin auf einem großen Gestüt. Es war ein Wunder, dass sie überhaupt spontan Urlaub bekommen hatte. Sie wollte die Gutmütigkeit ihres Chefs nicht ausnutzen. Deshalb war es ihr nicht möglich, noch ein paar Tage zu bleiben, außerdem wollte sie zu ihrem Freund, sagte sie.

Und das war wirklich wichtiger als mein Wunsch, sie möge noch bleiben. Schweren Herzens packten wir unsere Sachen zusammen und machten uns auf den Weg zurück zum Gasthof. Unterwegs erzählte Angelina mir noch viel von ihrer Arbeit. Pferde waren schon von klein auf ihre große Leidenschaft gewesen. Bei ihnen fühlte sie sich wohl und akzeptiert, so wie sie war. Auch wenn sie mal schlechte Laune hatte oder wenn ihr nicht nach reden zumute war, die Pferde waren immer für sie da. Ich beneidete sie darum, dass sie ihre Berufung gefunden hatte, es war ihr anzusehen, wie glücklich sie diese Arbeit machte. Wenigstens ein kleiner Trost für Angelina, dachte ich.

Viel zu schnell waren wir wieder bei dem Gasthof angelangt. Der Abschied war nun nicht mehr weit und machte mich traurig. Aber Angelina versprach mir, gleich zu schreiben, wenn sie zu Hause angekommen war. Wir hatten unsere Anschriften ausgetauscht.

Wie sich im Laufe des Tages herausgestellt hatte, schrieben wir beide gern. Schon als Kind hatte ich endlose Romane in mein Tagebuch geschrieben. Später in der Schule wurde ich von meiner Klassenlehrerin oft gerügt, weil ich bei meinen Aufsätzen immer vom

Thema abgeschweift bin. Doch irgendwann hatte ich aufgehört, Tagebuch zu führen, obwohl es mir guttat, meine Gedanken zu notieren. Von meinen alten Freundinnen wurde ich nur belächelt, wenn ich davon erzählt hatte. Vielleicht war es unüblich für eine über Zwanzigjährige. Angelina erzählte mir davon, dass sie sich, wenn sie besonders traurig war, zu den Pferden zurückzog, ein schönes Plätzchen mitten im Heu suchte und Gedichte schrieb. Das war ihre Art, Gefühle zum Ausdruck zu bringen. Ich bat Angelina, mir eines zu schicken. Ich brannte darauf, ihre Gedichte lesen zu dürfen.

„Bis jetzt hat die noch keiner zu Gesicht bekommen, aber dir schick ich gerne eines", sagte sie. Es war ein echter Freundschaftsbeweis.

Ich wartete auf der Terrasse, während Angelina den Koffer holte und bezahlte. Dann begleitete ich sie noch zu ihrem Auto. Wir umarmten uns herzlich und ich wünschte ihr eine gute Heimreise. Angelina konnte Abschiede nicht ausstehen, deshalb stieg sie, nachdem sie mich kurz, aber fest in den Arm genommen hatte, schnell ins Auto und zog die Tür zu. Als sie wegfuhr, drehte sie sich noch einmal um und winkte mir zu. Und weg war sie.

Die fünf Tage, die mir nun ohne Angelina noch blieben, verflogen im Nu. Außer mir war niemand mehr in dem Gasthof. Und so kam es öfter vor, dass sich der alte

Wirt zu mir auf die Terrasse setzte, um ein Pläuschchen zu halten.

Manchmal nahm sich auch seine Frau Zeit für einen Kaffee mit uns. Sie war eine ruhige Person, saß oft einfach nur da und lauschte unseren Worten. Doch wenn es um die Kinder ging, kroch sie aus ihrem Schneckenhaus hervor. Sie erzählte dann von ihren vier Kindern, die mittlerweile erwachsen und von zu Hause fortgezogen waren. Wie selten sie es noch schaffte, alle an einen Tisch zu bringen, und wie schrecklich sie ihre Kinder jeden einzelnen Tag vermisste. Sie musste immer lachen, wenn ich von meinem Hühnerhaufen zu Hause erzählte.

„Ach, bei uns ging es nicht anders zu. Aber ich wurde bei jedem Kind entspannter. Mir machte die Arbeit nichts aus. Vielleicht lag es daran, dass ich ja eh für unsere Gäste kochen und putzen musste. Da fiel es oft nicht einmal auf, noch weitere vier Mäuler zu stopfen. Sobald die Kleinen laufen konnten, mussten sie mit den Großen mit und ich bekam sie oft Stunden nicht zu Gesicht."

Wir tauschten uns aus über Erziehung und ich konnte von ihrer Erfahrung profitieren. Meine Mutter hatte ja nur mich bekommen, deshalb war sie mir da oft keine große Hilfe. Ich war immer Papas Prinzessin und habe alles gekriegt, was ich mir in den Kopf gesetzt hatte. Zumindest von meinem Dad. Mutter hatte eher den strengeren Part übernommen. Doch oft konnte sie mir meine Wünsche auch nicht abschlagen. Ich war halt das einzige Kind. Früh war ich mir dieser Vorteile bewusst und habe das oft auch ausgenutzt, erzählte ich. „Das kam bei uns überhaupt nicht in Frage. Jeder bekam das Gleiche, aber nur, soweit unsere finanziellen Mittel es zuließen. Wir hatten gerade den Hof übernommen und die Zimmer zu Übernachtungsmöglichkeiten umgebaut. Da waren keine großen Sprünge drin. Aber es hat unseren Burschen nicht geschadet. Ganz im Gegenteil. Sie sind selbstständige und anständige Männer geworden. Für meinen Geschmack etwas zu selbstständig."

Ihr Mann lachte und zog sie damit auf, wenn sie wieder jammerte, dass sie ihre Kinder zu selten sah. Auch ich fand das lustig, war ja bei mir genau das Gegenteil der Fall. Und so diskutierten wir oft stundenlang.

Manchmal führten wir aber auch sehr ernsthafte Gespräche. Die beiden wussten mittlerweile, warum ich zu ihnen gekommen war. Und der alte Mann hatte mir versprochen, mich erst gehen zu lassen, wenn ich wüsste, was ich aus meinem Leben machen wollte.

Und so saßen wir am letzten Abend vor der Abreise wieder auf der Terrasse. Nachdenklich blickte ich in die Ferne. Der alte Mann setzte sich wortlos zu mir und stellte sein halb volles Glas mit dem Feierabendbier ab. Mir war heute nicht nach reden zumute und so blieb ich stumm. Es verging eine Weile, bis er anfing zu sprechen. „Jessica, glaubst du wirklich, ich habe dich und Angelina an diesem Abend einfach so an einem Tisch zusammengesetzt?"

Ich schaute ihn fragend an. „Wie meinst du das jetzt?"

„Als Angelina bei uns eintraf, war sie ein Häufchen Elend. Ja, so kann man es ausdrücken. Aber weder ich noch meine Frau kamen an sie heran. Sie war total verschlossen und in sich gekehrt. Als hätte sie sich eine Mauer aufgebaut, die hunderte Kanonen und Ritter nicht bezwingen könnten."

Ich musste an den Tag denken, als ich sie das erste Mal sah. Genau das hatte ich auch gedacht. „Aber ich verstehe immer noch nicht?"

„Jessica, du warst unsere letzte Hoffnung. Wir konnten Angelina unmöglich abreisen lassen, ohne dass sich in ihrem Herzen etwas getan hatte. Nur deshalb seid ihr an diesem Abend zusammen an einem Tisch gesessen. Du solltest ihre Mauer zum Einstürzen bringen."

„Ich glaube, das ist mir gelungen", flüsterte ich ergriffen.

„Doch, das habe ich noch am selben Abend gemerkt. Aber Jessica, das war noch nicht alles. Es passiert nichts ohne irgendeinen Grund. Nach diesem Leitsatz leben wir. Wir hinterfragen nichts. Sondern lassen die Dinge, wie sie sind. Das macht uns zu dem, was wir sind. Das macht uns so glücklich."

„Das ist also dein Geheimrezept, das du nie rausrücken wolltest", erwiderte ich mit einem Lächeln.

„Du warst noch nicht bereit dafür."

„Aber jetzt bin ich es?", wollte ich wissen. „Sag du es mir? Es sind jetzt fast 7 Tage vergangen. Natürlich haben mir die Tage geholfen, ruhiger zu werden. Aber habe ich wirklich zu mir selber gefunden?"

„Die Antwort auf deine Frage ist ganz einfach, liebe Jessica. Was macht dich glücklich?"

Ich schaute in die unendliche Weite der Landschaft und dachte nach. Wann war ich das letzte Mal, bevor ich Marc kennengelernt hatte, so richtig glücklich? Und plötzlich wusste ich es! Wie hatte ich das nur vergessen können! Ich sprang auf und umarmte den alten Herrn so stürmisch, dass er beinahe vom Sessel gekippt wäre.

„Ich habs", jubelte ich.

„Na, dann mal raus mit der Sprache!" Er blickte mich neugierig an.

„Ich will schreiben, einfach nur schreiben. Geschichten erzählen und Menschen berühren. Das ist es, was ich will."

Kapitel 5

Zuhause angekommen fuhr ich meinen Wagen in die Garage und stellte den Motor ab. Ich lehnte mich im Autositz zurück, schloss die Augen und atmete einmal tief durch.

Ich freute mich auf meine Kinder. Und ja, auch auf meinen Mann. Trotzdem machte sich ein mulmiges Gefühl in mir breit. Die letzten Tage hatten mir so gut getan. Endlich war meine Kraft wiedergekommen. Doch wie würde es jetzt im Alltag weitergehen? Würde sich etwas ändern oder wäre ich in ein paar Monaten wieder an demselben Punkt wie vor einer Woche? Mein Entschluss, ein Buch zu schreiben, rückte plötzlich in weite Ferne. Angesichts meiner Kinder und der vielen Hausarbeit würde ich sowieso keine Zeit finden. Abends war ich immer viel zu müde, um mich noch zu irgendetwas aufzuraffen. Etliche Kilometer weit weg schien es mir so klar. So einfach. Und nun verschwammen meine Wünsche wieder mit den Pflichten, die ich zu Hause zu erfüllen hatte.

Aber jetzt würde ich erst einmal meine Kinder und meinen Mann in den Arm nehmen. Trotz allem haben sie mir sehr gefehlt und ich war froh, wieder bei ihnen zu sein.

Antonia erblickte mich zuerst. Ich wollte gerade die Haustür aufschließen, als ich aus dem Garten Geräusche hörte. Also ging ich ums Haus herum und schlich mich heran. Als Antonia mich sah, rief sie ganz laut:

„Maaaama ist wieder da", rannte los, direkt auf mich zu. Mit ihren kleinen Armen umschlang sie meinen Hals und drückte mich ganz fest. „Mama, Mama", rief sie überglücklich. Dann kamen auch Tim und Chris auf mich zugelaufen. Ich nahm meinen Jüngsten auf den Schoß, und umarmte alle drei. Es war so schön, sie wieder zu hören, zu fühlen und zu riechen. Ich vergrub meine Nase in ihren Haaren und sog diesen wunderbaren Duft von Kindheit ein.

Es dauerte eine Weile, bis ich mich aus den Umarmungen lösen konnte, oder besser gesagt, lösen wollte. Erst jetzt merkte ich, wie sehr ich meine Kinder vermisst hatte. Ich musste plötzlich an Angelina denken und mein Herz wurde für einen kleinen Moment wieder ganz schwer. Genau das wünschte sie sich auch sehnlichst. Ihr eigenes Kind zu umarmen. Ich schluckte eine hochsteigende Träne hinunter. Jetzt war nicht der richtige Moment dafür. Jetzt wurde meine Ankunft gefeiert.

Meine Kinder stürzten sich auf die mitgebrachten Geschenke, die ich in dem kleinen Dorf, unweit des Gasthofs, besorgt hatte. So waren sie für einen Moment beschäftigt und ich konnte endlich Marc begrüßen. Er hatte die ganze Zeit still daneben gestanden und uns beobachtet. Keinen Mucks hatte er von sich gegeben. Als ich nun auf ihn zuging und ihn begrüßen wollte, glaubte ich nicht richtig zu sehen. In seinen Augen stand eine kleine Träne, die nun, da ich ihn umarmte, über seine Wange kullerte. Sein Gesicht war braun gebrannt und er sah richtig glücklich aus. Schon lange hatte ich meinen Mann nicht mehr so gelöst und entspannt gesehen. Wir begrüßten uns herzlich. Und erst durch Antonias Ruf: „Mama, Papa nicht mehr knutschen, jetzt gibt's Kuchen", lösten wir uns voneinander. Marc war kein Mann der großen Worte. Und jetzt standen erst einmal die Kinder im Mittelpunkt. Wir würden heute Abend, wenn sie im Bett waren, noch genügend Zeit füreinander haben.

Die Kinder hatten einen Kuchen für mich gebacken. Beziehungsweise, sie hatten es versucht. Papa war ihnen da keine große Hilfe, wie Tim mir später erzählte. So seltsam das Teiggebilde auch ausschaute, so köstlich schmeckte es. Nach Liebe, nach Vorfreude und nach ganz viel Kinderlachen. Genüsslich verspeisten wir ihn auf der Terrasse, weil das Wetter genau so herrlich war wie die letzten 7 Tage. Mir machte es plötzlich nicht mehr so viel aus, dass die Kinder mit der Hand aßen und die Hälfte am Boden lag. Die Vögel würden es sich schon holen. Ich hatte mir fest vorgenommen, viele Dinge einfach nicht mehr so eng zu sehen, und erstaunlicherweise klappte das recht gut. Wenigstens etwas, das sich in die Tat umsetzen ließ. Nach dem Kuchen tobten wir gemeinsam im Garten, bis es Zeit für das Abendessen war. Anschließend brachten wir unsere drei Räuber zu Bett. Wie auch vor meiner Auszeit setzte ich mich noch zu ihnen und erzählte eine Geschichte. Danach umarmte ich sie ganz fest und küsste sie auf die Stirn. „Ich habe dich lieb, so wie du bist, schlaf gut und träum schön." Dann ging ich raus und schloss die Tür hinter mir. Diesen Satz würde ich nun jeden Abend, egal wie der Tag verlaufen war, zu meinen Kindern sagen, das war noch so etwas, was ich mir fest vorgenommen hatte.

Als ich die Treppe runterkam, sah ich meinen Mann durch die Küche hindurch auf der Terrasse sitzen. Er hatte uns ein Glas Wein eingeschenkt. Schon lange waren wir abends nicht mehr draußen gesessen. Meistens hockten wir vor dem Fernseher und jeder schaute für sich irgendwelche idiotischen Sendungen an. In der Zeit, wo der Fernseher lief, sprachen wir für gewöhnlich nicht viel miteinander. Deshalb wunderte es mich. Aber ich freute mich auch. Und so ging ich zu ihm hinaus und setzte mich neben ihn. Eine Zeit lang sahen wir uns einfach nur an, dann tranken wir einen Schluck und stellten die Gläser wieder ab.

„Es ist schön, dass du wieder da bist", sagte Marc.
„Ich habe dich vermisst", erwiderte ich.
Er erzählte von den Kindern und was sie alles unternommen hatten. Plötzlich zeigte er Verständnis für meinen Wunsch, mehr aus meinem Leben machen zu wollen.
„Es ist großartig mit den Kindern, aber jeden Tag diese Routine, vor allem mit der Hausarbeit, hat manchmal schon geschlaucht", gab er zu. Er erzählte mir von der Eintönigkeit und dass einen das nicht wirklich ausfüllen konnte. „Ich habe die Möglichkeit, mich in meinem Beruf weiter zu entwickeln und zu entfalten, ich kann

es verstehen, wenn du als Hausfrau und Mutter nicht glücklich bist. Das ist zu wenig."

Ein Stein fiel mir vom Herzen.

„Es tut mir leid, dass ich nicht gleich mein Einverständnis zu der Reise gegeben hatte, das war dumm und kindisch von mir."

„Das muss dir nicht leidtun", sagte ich und nahm seine Hand. Ich berichtete ihm nun vom Gasthof, wie schön es war und das wir dort unbedingt mal mit den Kindern hinfahren sollten. Ich sprach von den Wirtsleuten und der herrlichen Natur. Und schließlich von Angelina. Ich erzählte ihm die ganze Geschichte. Er hörte mir zu und unterbrach mich kein einziges Mal.

Während ich erzählte, bemerkte ich, wie sein Gesichtsausdruck erst wurde. Auf seiner Stirn bildeten sich Falten, wie es nur der Fall war, wenn er angestrengt über etwas nachdachte. Als ich zum Ende gekommen war, blieb er eine Weile stumm. Ich wusste, es würde ihm schwerfallen, seine Gefühle zu dieser Situation zu zeigen. Er kannte Angelina ja nicht einmal, was die Sache vielleicht für ihn nicht so greifbar machte.

„Natürlich habe ich schon von künstlicher Befruchtung gehört, und manchmal liest man ja auch etwas darüber. Über die Einzelheiten wusste ich bis dato nichts. Aber wie hier der Staat die Menschen ausbeutet, das ist wirklich traurig und mir völlig unverständlich", sagte er nun. Das war typisch für meinen Mann. Zuerst den finanziellen Aspekt betrachten. So kannte ich ihn.

„Aber denk doch mal daran, was das für körperliche und seelische Strapazen sind", warf ich ein.

„Natürlich, da hast du schon recht, aber wenn vom Staat die finanziellen Mittel gestellt würden, wäre wenigstens eine Last von den Schultern der Betroffenen genommen."

Ich stimmte ihm zu. Angelina hatte selbst erzählt, dass sie es versucht hatten, bis all ihr Erspartes aufgebraucht war. Obwohl sie da schon nicht mehr konnten. Ich war mir sicher, sie hätten weitergemacht, wenn sie die Möglichkeiten gehabt hätten.

„Eben genau das meine ich", sprach mein Mann weiter. Und er wurde nun richtig wütend. „Tagtäglich werden Millionen von Euro ausgegeben, teilweise für wirklich unnützes Zeug. Und an der Stelle, wo man eigentlich nicht sparen sollte, wird geknausert ohne Ende."

Energisch schlug er mit der Faust auf den Tisch.

„Aber was sollten sie nun machen?", versuchte ich ihn zu beruhigen. „Kann man dagegen nicht irgendetwas unternehmen?", fragte er.

„Künstliche Befruchtung betrifft nur rund zehn Prozent der Paare. Alle andere haben das, was sie wollen, und werden sich nie in deren Situation hineinversetzen können und für sie kämpfen. Solche Paare ernten doch nur mitleidige Blicke. Aber keiner hilft ihnen. Und mit zehn Prozent kommt man ja auch nicht wirklich weit."

Marc überlegte kurz. „Es ist auch schwierig, weil die Betroffenen selten darüber reden. Wenn ich so überlege, kenne ich nur ein Paar, wo ich weiß, sie probieren es schon länger, aber es funktioniert nicht." Ich erzählte ihm davon, was Angelina mir gesagt hatte. Dass auch sie es geheim gehalten hatten. Es war schlimm, denn alle hatten sie damit aufgezogen, sie wäre bestimmt schon schwanger. Dabei hatten die Behandlungen und die damit verbundenen Spritzen und Tabletten bewirkt, dass sie in der Zeit das eine oder andere Kilo zugenommen hatte. Aber viel schlimmer wäre es für sie gewesen, hätte man sie überhaupt nicht mehr darauf angesprochen. Denn genau so ist die heutige Gesellschaft. Wenn ihr etwas unangenehm ist, schweigt sie lieber. Obwohl es den Betroffenen vielleicht helfen könnte, würde man die Dinge beim Namen nennen. Angelina wollte keine Rücksichtnahme oder in Watte gepackt zu werden. Deshalb schweigen sie und ihr Freund lieber.

Mein Mann hatte sich inzwischen wieder beruhigt und seine Gesichtszüge wurden ganz weich.

„Wir haben solch ein Glück mit unseren Kindern", seufzte er.

„Ohja", erwiderte ich. „Aber es muss sich etwas ändern".

„Das habe ich eingesehen und darüber sollten wir jetzt reden", sagte er zu meiner Überraschung.

Und so erzählte ich ihm von meinem Wunsch, ein Buch zu schreiben. Während ich berichtete, spielten meine Hände mit dem Weinglas und ich versuchte, ihn nicht anzuschauen, weil ich Angst vor seiner Reaktion hatte. Diesen Wunsch nun auszusprechen war etwas ganz anderes, als ihn gedanklich vor sich hin zu murmeln. Aber je länger ich darüber redete, umso mehr merkte ich, dass es genau das war, was ich wollte. Es fühlte sich richtig an. Marc hörte mir geduldig zu. Als ich zum Schluss gekommen war, hob er sein Weinglas.

„Dann trinken wir auf dein erstes eigenes Buch, mein Schatz", sagte er mit fester Stimme und prostete mir zu.

Es war mittlerweile dunkel geworden und ich fror. Deshalb gingen wir rasch ins Haus zurück, räumten zusammen die Überbleibsel vom Abendessen auf und beschlossen, ins Bett zu gehen. Als ich im Bett lag, war ich zum ersten Mal seit Langem wieder glücklich. Glücklich, hier neben meinem Mann liegen zu dürfen, in dem Haus, das wir mit eigenen Händen gebaut hatten, mit den Kindern, die wir uns so sehr gewünscht hatten. Zufrieden mit mir und meinem Leben schloss ich die Augen und sank in einen tiefen Schlaf.

Am nächsten Morgen erwachte ich schon früh. Mein Mann schlief noch selig und auch von den Kindern war nichts zu hören. Etwas träge stieg ich aus dem Bett und tapste Richtung Bad. Schnell zog ich mich um und wusch mich.

Ich hatte nur ein Ziel: Den Briefkasten. Ich wusste, Angelina würde ihr Versprechen halten. Leise, um ja niemanden zu wecken, schlich ich auf Zehenspitzen die Treppe hinunter. Nachdem ich mir noch schnell Schuhe angezogen hatte, ging ich raus und atmete erst einmal die kühle, reine Morgenluft ein, dann öffnete ich ungeduldig den Briefkasten. Neben unzähligen Prospekten fand ich ein Schreiben von der Bank, das an meinen Mann adressiert war und dann den Brief, den ich so herbeigesehnt hatte. Mit zitternden Fingern drehte ich ihn von einer Seite auf die andere. Ich hatte Angelinas Handschrift vorher noch nie gesehen, aber instinktiv wusste ich, dass dieser Brief nur von ihr sein konnte. Mit schön geschwungenen Buchstaben stand meine Adresse darauf. Schnell ging ich ins Haus zurück, setzte mich an den Küchentisch und öffnete ihn.

Ich las das Gedicht mehrmals durch. Dabei hatte ich Tränen in den Augen. Ich konnte mir sehr gut vorstellen, wann Angelina es geschrieben hatte. An einem Punkt, an dem sie nicht mehr weiter wusste. Als ihr alles so ungerecht erschien und sie unendlich einsam war. Und dann plötzlich war sie da, die Idee, nein, vielmehr mein Entschluss, Angelinas Geschichte aufzuschreiben. Wieso war ich nicht gleich darauf gekommen?

Ich griff sofort zum Telefon, um Angelina meine Idee mitzuteilen. Nach anfänglicher Skepsis war sie dann doch damit einverstanden und schickte mir ihre Werke noch innerhalb der nächsten Stunde per E-Mail. Mittlerweile waren auch Marc und die Kinder wach.
Nachdem wir zusammen gefrühstückt hatten, verzog ich mich in unser Schlafzimmer und kroch unter die

noch warme Decke. In der Küche hatte ich mir noch einen leeren Malblock von Antonia und einen Stift geschnappt. Ich öffnete den Block und fing an zu schreiben. Und mit jedem geschriebenen Wort wurde die Vision klarer und mein Ziel greifbarer. Und plötzlich ging alles ganz leicht. Bereits nach einer Stunde hatte ich den ersten Teil meines Buches geschrieben. Stolz und erfüllt wie schon lange nicht mehr, betrachtete ich die geschriebenen Seiten und legte den Block in das unterste Fach meines Nachttisches. Ich fühlte, es war der richtige Weg.

Kapitel 6

Der Weg

Wo bin ich jetzt, wo geht der Weg hin?
Muss ich ihn gehen, ganz alleine?

Er ist finster, viele Hindernisse.
Wie lang ist er und wann wird er leichter?

Abzweigungen, Entscheidungen treffen.
Wer sagt mir, was richtig ist, was falsch?

Werde ich ankommen, heil - ohne Schaden?
Wie viel Kraft wird er mich kosten?

Wenn ich am Boden liege, wer wird mir helfen?
Schaff ich es weiterzugehen?

Viele Fragen werde ich mir stellen.
Wann bekomme ich die Antworten darauf?

Ich muss den Weg gehen - ohne wenn und aber.
Er wird mir all meine Kraft rauben,
mir mein ganzes Selbstvertrauen
abverlangen.

Doch wenn ich ankomme,
wird er mir all das tausendfach
zurückgeben.

Trauer, Wut, dieses Gefühl der Ohnmacht. Aber vor allem Angst.

Angst vor dem, was kommt. Angst, weil man das, was kommt nicht beeinflussen kann.

Man wird vor vollendete Tatsachen gestellt. Und dann liegt es plötzlich an einem selbst, etwas daraus zu machen. Vielleicht sogar das Beste daraus zu machen. In der finstersten Stunde ein Licht zu sehen, das einem wieder Hoffnung gibt. Sich diese Hoffnung immer wieder vor Augen zu führen, ist wohl der Schlüssel jedes schweren Weges. Die Hoffnung, das dieser Weg nicht umsonst war, egal, was am Ende des Weges auf einen wartet. Keine Anforderungen an den Weg zu stellen. Sondern ihn einfach zu gehen. Schritt für Schritt. Sich nicht bei jedem Hindernis fragen, wieso es denn ausgerechnet auf meinem Weg liegt, wer wohl dafür verantwortlich ist. Nein, einfach darüber hinweg steigen und froh sein, dass man diese Hürde geschafft hat. Wahrscheinlich ist das der Schlüssel. Der Glaube. Der Glaube an sich selbst, an das Sein und an das, was man vom Leben bekommt. Es annehmen, nicht hinterfragen, sondern weitergehen und das Beste daraus machen.

Man hat mich nicht gelehrt, den Schmerz zu ertragen,
keine Hoffnung, keine Kraft zum Weitermachen mehr zu haben.

Man hat mir nicht gesagt, wie weh das tut,
wenn alles keinen Sinn mehr hat, wenn einen verlässt der Mut.

Man hat mir nicht gezeigt, wie man dann weitermacht,
daran, dass es ein Morgen gibt, daran hat niemand gedacht.

Man hat mir nicht vorgelebt, dass man andere Wege gehen kann,
die nicht dem Standard entsprechen, aber zum Ziel führen - irgendwann.

Man hat mir nicht versprochen, dass alles gut ausgeht,
dass es sich lohnt, alles zu ertragen auf diesem Weg.

Man hat mich nicht gelehrt, mir nichts gesagt, nichts gezeigt, nichts vorgelebt und nichts versprochen.

Und trotzdem weiß ich instinktiv, dass es richtig ist,
dass der Glaube alleine reicht, auch wenn alles andere dagegen spricht.

Dieses Gefühl, man nennt es wohl Bauchgefühl, versucht täglich mit einem zu kommunizieren. Doch leider oft vergebens. Dabei wäre es doch so simpel, einfach einmal darauf zu hören. Diesem Druck und Gefühl im Bauch nachzugeben, um das anschließende Unwohlbefinden nach vertanen Chancen erst gar nicht hochkommen zu lassen.

Aber leider ist es so einfach nicht. Da gibt es ja noch dieses „Ja, aber, was wäre wenn, was da alles passieren kann. Lieber nicht. Lieber weiter hoffen. Darauf hoffen, dass man seine Chancen auf dem Silbertablett vom Herrgott persönlich serviert bekommt."

Ist es hilfreicher, nach Ausreden zu suchen, fühlt man sich dann weniger unglücklich? Vielleicht, weil man dann ein Opfer hat, dem man alles in die Schuhe schieben kann. Viel einfacher wäre es doch, mal in sich rein zu hören. Zu lauschen, was einem die Seele mitteilen will. Was einem guttut und man sich vom Leben erhofft. Und das dann, genauso wie den Frühjahrsputz, Schritt für Schritt, Tag für Tag, Zimmer für Zimmer in die Tat umzusetzen.

Oder wer lässt sich denn beim Frühjahrsputz beirren? Genau – niemand. Weil es gemacht werden muss. Aber was ist mit einem selber – muss da nicht auch endlich mal was gemacht werden?

Dieser Weg wird mich meine Grenzen lehren,
dieser Weg wird mein Innerstes nach außen kehren.

Dieser Weg wird mir alles abverlangen,
dieser Weg wird bestehen aus Hoffen, Angst und Bangen.

Auf diesem Weg werden oft Tränen fließen,
auf diesem Weg werden aber auch Blumen der Hoffnung sprießen.

Dieser Weg wird für mich einzigartig und einmalig bleiben,
auf diesem Weg werde ich oft zu Zweifeln neigen.

Aber diesen Weg werde ich nicht alleine gehen,
denn es gibt jemanden, der wird mir immer zur Seite stehn.

Dieser Weg hat einen Sinn und etwas Mächtigeres wird es schon lenken,
Am Ziel angekommen, wird man mir neues Leben schenken.

Keinen Weg muss man alleine gehen. Man fühlt sich nur alleine. Aber wenn man innehält, und alles um sich herum ausblendet, spürt man etwas oder jemanden.

Keinen Weg muss man einfach so gehen. Egal, wie schwer er erscheinen mag, er ist für irgendetwas gut. Auch wenn man ihm absolut nichts Gutes abgewinnen kann, und es sich erst Jahre später zeigen wird, dass dieser Weg die ganze Zeit ein Ziel hatte. Manchmal muss man Wege einfach gehen. Jeder Schritt, den man zurücklegt, bringt einen näher ans Ziel.

Keinen Weg muss man in absoluter Dunkelheit gehen. Irgendwo ist immer ein Licht. Wenn es nicht die Sonne ist, die einem den Weg so herrlich hell ausleuchtet, dann vielleicht das Feuerzeug, das man noch irgendwo in der Jackentasche hatte, ohne dass man sich gleich daran erinnert. Oder aber man kommt an einem Haus vorbei, wo Licht brennt. Vielleicht brennt das Licht ja für dich. Vielleicht musst du auf deinem Weg neuen Menschen begegnen und dich darauf einlassen. Dann wird dein Weg heller an Erfahrungen.

Schicksal ...

Dann nimm mich doch mit,
wenn du meinst, ich gehör hier nicht her.

Geh meinen Weg,
wenn du glaubst, für mich ist er zu schwer.

Sprich meine Worte,
wenn du meinst, dass ich sie nicht sprechen kann.

Zeig meine Gefühle,
wenn du glaubst, ich verstehs dann
irgendwann.

Doch was soll ich verstehen - den Sinn des
Lebens?
Dabei hat es mir bis jetzt oft nur Schmerz
gegeben.

Was soll ich sagen, zu wem soll ich reden,
wem soll ich mich offenbaren, ganz
hingeben?

Welchen Weg soll ich gehen, und wohin
führt er mich?
Wartest du dort, wie erkenn ich dich?

Doch lass mich hier, wenn das Schicksal ist.
Denn dann bin ich richtig, auch wenn vieles
oft unverständlich ist.

Schicksal ist etwas, das uns alle betrifft. Ob wir es wollen oder nicht.
Es ist uns sozusagen vorherbestimmt. Wir können es umgehen, aber letztendlich werden wir immer wieder dort ankommen, wo wir ankommen sollen.

Jeder Mensch hat auf seinem Weg ein Päckchen zu tragen. Man kann nicht beeinflussen, wie groß und wie schwer es ist, denn das, was einem auferlegt wird, muss mit auf die weitere Reise genommen werden. Aber man kann selber bestimmen, wie man es trägt. Mit Murren und Geschimpfe wird es bestimmt nicht leichter. Im Gegenteil. Damit kommt einem der Weg noch schwerer und länger vor. Trägt man das Päckchen allerdings mit Zuversicht, Mut und Vertrauen darauf, dass sich darin etwas befindet, das man auf dem weiteren Weg noch einmal brauchen kann, dann geht es sich viel leichter und unbeschwerter.

Wir alle haben es selbst in der Hand, was wir aus unserem Leben machen. Viele sind unzufrieden darüber, was sie alles nicht haben, andere zufrieden mit dem wenigen, das sie haben. Es geht darum, das Beste aus den Gegebenheiten zu machen.

Kapitel 7

Aus der ursprünglichen Idee, einen Roman über Angelina zu schreiben, wurde ein „Ratgeber in Taschenbuchformat. „

Nachdem die ersten Seiten geschrieben waren, nutzte ich jede freie Minute damit, mein Manuskript fertigzustellen. Ich konnte oft an nichts anderes mehr denken. In der Küche lagen dauernd Papierreste mit wild drauf gekritzelten Notizen. Und oft musste ich während des Autofahrens rechts ran fahren, weil mir wieder Wörter, Sätze und manchmal ganze Seiten in den Sinn kamen, die ich unbedingt sofort aufschreiben wollte.

Abends verkroch ich mich in meinem kleinen Büro, das ich mir mittlerweile im Keller eingerichtet hatte. Ich konnte mich gar nicht mehr daran erinnern, wann ich das letzte Mal auf der Couch saß und ferngesehen hatte. Wenn ich mal nicht an meinem Buch schrieb, saß ich mit Marc auf der Terrasse und trank ein Glas Wein. Seit meinem Urlaub redeten wir viel mehr. Ich wurde mit jedem Tag zufriedener. Je mehr ich mich in meinem Buch verwirklichen konnte, desto glücklicher wurde ich als Mutter und auch als Frau.

Ich sah plötzlich vieles mit anderen Augen. Hatte ich vorher meinen Mann oft dafür verantwortlich gemacht, wie mein Leben verlief, wusste ich jetzt, dass ich selbst daran schuld gewesen war.

Ich hatte es soweit kommen lassen, mich selber so zu vernachlässigen. Eigentlich war Marc es gewesen, der

alles richtig gemacht hat. Trotz der Kinder hat er an seinem alten Leben festgehalten.
Natürlich fällt das den Männern leichter, weil sie nicht ihren Job der Kinder wegen aufgeben müssen. Aber das meine ich gar nicht damit. Mein Mann hat trotzdem alle privaten Verpflichtungen weiterhin wahrgenommen. Ob das die wöchentlichen Radtouren mit Jens oder seine Abende mit einem alten, sehr guten Freund waren, bei denen sie bis tief in die Nacht fachsimpelten. Ich dagegen hatte viel zu oft meine Kinder als Ausrede benutzt, um mich ja nicht von der Couch quälen zu müssen. Eigentlich war ich selber schuld daran, dass es still um mich wurde, und ich mich immer einsamer fühlte. Der Groll gegenüber meinen alten Freundinnen war mittlerweile verflogen. Auch wenn ich mich momentan noch nicht in der Lage fühlte, einen Schritt auf sie zuzugehen, ärgerte ich mich über deren Verhalten nicht mehr. Was zur Folge hatte, dass es mir nicht mehr weh tat und mich nicht weiter beschäftigte. Meine Zeit war mit dem Buch, den Kindern, meinem Mann und mit Angelina so restlos ausgefüllt, dass ich gar keinen Platz dafür gehabt hätte. Und ich hatte nicht vor, wieder irgendetwas von dem, das mir so wichtig geworden war, für etwas, wo ich nichts zurückbekam, zu vernachlässigen.

Es dauerte nur wenige Wochen, bis mein Manuskript endlich fertig war. Doch so reibungslos wie in den ersten Tagen lief es nicht immer. Die letzten Seiten zu schreiben, fiel mir unglaublich schwer. Deshalb fuhr ich für zwei Tage zu Angelina.

Wir hatten uns seit dem Gasthof nicht mehr gesehen. Da sie in der entgegengesetzten Richtung wohnte, war die Fahrtzeit einfach zu lange für einen schnellen Besuch. Alles, was ich von ihrer Umgebung wusste, war, dass sie in einem kleinen Dorf wohnte. Das Pferdegestüt, auf dem sie arbeitete, lag direkt neben dem Haus, das sie mit Jonas bewohnte. Ich freute mich wie wahnsinnig darauf, sie endlich wiederzusehen. Wir telefonierten oft, doch wichtige Dinge waren einfacher zu besprechen, wenn man dem Gegenüber dabei in die Augen schauen konnte.

Angelina hatte mir bereits gesagt, ich würde sie auf dem Gestüt antreffen. Und so machte ich mich gleich nach meiner Ankunft auf die Suche nach ihr. Und tatsächlich fand ich sie in einer der Boxen beim Ausmisten.

Ich hatte mich ganz leise angeschlichen. Leider verriet mich das Quietschen der Boxentür. Als Angelina sich umdrehte und mich sah, fielen wir uns sofort in die Arme. Es fühlte sich wieder so an, als würden wir uns schon ewig kennen. Sofort zeigte sie mir die Stallungen und die Koppel, wo die Pferde weideten. Ich mochte Tiere im Allgemeinen schon, aber vor Pferden hatte ich ein bisschen Angst. Als kleines Mädchen war ich einmal von einem runtergefallen und hatte mich seitdem nicht mehr getraut, wieder zu reiten. Aber ich versprach Angelina, dass ich es, ihr zuliebe, einmal

versuchen werde. Wenn auch nicht heute oder morgen, aber irgendwann bestimmt.
Angelina wollte sich noch schnell etwas Sauberes anziehen. Und so wartete ich auf sie am Eingang des Stalls. Nachdem ein paar Minuten vergangen waren, wurde ich ein bisschen ungeduldig. Das dauerte mir viel zu lange und ich beschloss, zu ihrem Haus hinüberzugehen. Da hörte ich plötzlich Geräusche, die aus dem Stall kamen. Aber keine Geräusche von einem Pferd. Nein, die mussten von jemand anderen kommen. Neugierig ging ich hinein. Sah aber niemanden. Ich wollte mich gerade wieder umdrehen und gehen, da rief jemand: „Hallo, junges Fräulein, kann ich Ihnen behilflich sein, suchen Sie jemanden?"
Ich fühlte mich ertappt. „Guten Tag, nein, danke, ich warte nur auf Angelina."
„Ach so, dann müssen Sie Jessica sein, schon viel von Ihnen gehört." Angelina hatte mir zwar kurz davon erzählt, dass außer ihr und dem Chef niemand auf dem Gestüt tätig war, aber ich hatte ihn mir irgendwie anders vorgestellt. Viel kräftiger und größer, etwa so, wie den Mann vom Gasthof. Aber dieser Mann war klein und schmächtig. Er trug einen langen Bart und einen grünen Hut. Nur eines hatte er mit dem Wirt gemeinsam. Und das waren die Hosenträger.
Er wirkte nett. Ich konnte mir gut vorstellen, dass es Angelina gefiel, mit ihm zusammen zu arbeiten. Der Mann kam näher.
„Gefällt es Ihnen bei uns?"

„Oh ja, sehr sogar. Aber bitte, können wir DU sagen", lachte ich.

„Sehr gerne. Ich bin Maximilian, doch alle nennen mich Max, der alte Max und die Pferde", lachte nun auch er. Dabei wippte sein Bart mit, was komisch ausschaute, und mich noch mehr zum Lachen brachte. „Angelina zieht sich nur schnell um, dann wollen wir weiter."

Er winkte ab. „Sie ist so ein fleißiges Mädchen. Wenn ich sie nicht hätte." Ich fragte mich, ob er denn selber keine Kinder hatte, die ihm halfen oder gar einmal das Gestüt übernehmen würden. Er war bestimmt noch bei Kräften und gesund, aber der Jüngste war er auch nicht mehr.

„Leider hab ich keine Kinder. Wissen Sie, mir und meiner damaligen Frau war es nicht vergönnt, welche zu bekommen", sagte er.

„O, das tut mir leid", sagte ich ehrlich bestürzt.

„Ach, wissen Sie", er räusperte sich, „Entschuldigung, du", lachte er und fuhr fort, „zur damaligen Zeit war das nicht besonders schlimm. Nicht für mich. Wir hatten unsere Pferde und damit genug Arbeit. Aber meine Frau konnte damit nicht leben. Ich hatte das wohl unterschätzt."

„Was ist mit ihr passiert?", wollte ich wissen, auch wenn mir nicht wohl dabei war, jemandem, den ich erst seit ein paar Sekunden kannte, solch eine intime Frage zu stellen.

„Sie ist einfach auf und davon. Einen Brief hat sie mir noch hinterlassen. Das wars. Aber ich habe mein Leben trotzdem weitergelebt." Er schaute sich um und zeigte auf die Stallungen. „Siehst du, das ist jetzt mein Leben. Und ich bin sehr zufrieden."

Ich wusste nicht so recht, was ich darauf sagen sollte. Die Situation machte mich ein bisschen verlegen. Zugleich fand ich es merkwürdig, fast schon unheimlich, dass ausgerechnet Angelina, die selbst keine Kinder bekommen konnte, auf einem Gestüt arbeitete, dessen Besitzer dasselbe Schicksal getroffen hatte. Fast schon, als wäre dieser Ort verflucht. Als könnte der Mann meine Gedanken lesen, sprach er leiser als zuvor. „Dass Angelina das durchmachen muss, tut mir so unendlich leid für sie." Er wusste also Bescheid. „Dabei schien es doch beim letzten Versuch endlich einmal gut zu gehen."

Welcher letzte Versuch? Ich konnte mich beim besten Willen nicht daran erinnern, dass Angelina erwähnt hätte, ein einziges Mal wäre es über den Bluttest hinausgegangen. Geschweige denn, von einer Schwangerschaft gesprochen hätte. Ich wollte Max gerade fragen, als ausgerechnet in diesem Moment Angelina von draußen rief: „Jessica, wo steckst du?"

„Hier drinnen, ich komme sofort", antwortete ich schnell. „Es hat mich gefreut, dich kennenzulernen. Wir werden uns bestimmt heute oder morgen noch einmal sehen."

„Das hoffe ich doch sehr", sagte Max.

Wir gaben uns die Hände und verabschiedeten uns. Dann lief ich raus zu Angelina.

Die zwei Tage vergingen wie im Flug. Gerne hätte ich Angelina auf die Worte von Max angesprochen. Aber mittlerweile kannte ich sie zu gut, und wusste, sie würde selber damit rausrücken, wenn sie soweit wäre. Als wir am Abend in ihrem Garten saßen und ein Glas Wein tranken, fiel mein Blick auf eine kleine Statue. Die Gottesmutter Maria. Sie stand ziemlich versteckt und nicht auf den ersten Blick sichtbar am anderen Ende des Gartens, eingebettet in Blumen. Der ganze Garten war gepflegt, und doch machte dieser Teil den Eindruck, als würde Angelina an diesem Fleck besonders viel liegen. Ich konnte meine Augen einfach nicht von dieser Blumenpracht wenden. Angelina muss meinen Blick bemerkt haben. Als ich mich davon losriss und zu ihr blickte, sah ich, wie sich eine Gänsehaut über ihre Arme ausbreitete. Über die Wange rollte ihr eine einzige dicke Träne. Und plötzlich war mir klar, was es mit der Gottesmutter Maria auf sich hatte.

„Max hat so etwas angedeutet." Ich zeigte mit dem Kinn in die Richtung der Blumen. Angelina senkte den Kopf.

„Ich konnte dir die ganze Wahrheit einfach noch nicht sagen", flüsterte sie schuldbewusst.

„Es ist schon in Ordnung, du musst nicht darüber reden, wenn du nicht willst."

„Nein, das ist es nicht. Ich habe ja gemerkt, wie gut es ist, über das zu reden, was einen belastet. Aber es tut einfach noch so weh." Angelina zog die Füße an und umschlang sie mit den Händen. „Ich wollte es dir schon längst sagen, aber ich habe einfach Angst, dass alles wieder hochkommt."

„Ist schon gut", flüsterte ich und legte meine Hand auf ihre.

„Aber ich möchte es dir erzählen. Ich möchte, dass du alles von mir weißt." Ihr Gesicht hellte sich einen kurzen Moment auf.

„Dann leg los. Und wenn du glaubst, nicht mehr weitersprechen zu können, verstehe ich das."

Sie nickte. Dann stand sie auf, nahm meine Hand und zog mich sanft zum Ende des Gartens, wo wir uns vor der Marienfigur ins Gras fallen ließen. Angelina fuhr, sanft, ja, fast andächtig über eine Stelle, die nicht mit Blumen bepflanzt war. Erst jetzt sah ich das Kreuz, das auf der Erde lag. Gleich dahinter war ein kleiner Granitstein, auf dem ein Name eingraviert war. Auf dem Stein stand JESSICA.

Erst da verstand ich, warum sie an dem Tag, als wir uns kennengelernt hatten, so seltsam reagierte, als ich mich ihr vorstellte. Und ich begriff plötzlich, was es mit den Worten des alten Mannes auf sich hatte.

„Meine liebe, kleine Jessica", flüsterte Angelina. „Wir vermissen dich so. Schade, dass du meine neue liebe Freundin nicht kennenlernen durftest. Ihr hättet euch bestimmt prima verstanden." Sie drehte sich weg, zu mir hin, und schaute mir in die Augen. Ich war in diesem Moment von der ganzen Situation so überfordert, dass ich kein Wort herausbrachte.

„Unsere kleine Jessica. Jetzt weißt du, warum ich so erschrak, als ich deinen Namen gehört hatte. Ein einziges Mal hatte es geklappt. Das war bei unserem letzten Versuch. Eigentlich hat nichts darauf hingedeutet, dass es dieses eine Mal anders enden würde. Wieder konnte mir nur ein Blasto eingesetzt werden, und wieder blieb keiner für die Kryo übrig. Also genauso wie sonst auch. Ich habe mich in der Zeit nach dem Transfer auch nicht anders gefühlt. Ich könnte nicht sagen, ja, genau daran hat es gelegen, dass es dieses Mal geklappt hat. Ich bin mit derselben Einstellung zum Arzt gegangen, habe mir Blut abnehmen lassen und 24 schreckliche Stunden des Wartens auf mich genommen. Nur eines war anders. Ich bin nicht, wie bei allen vorherigen Versuchen, zum Arzt gelaufen, um mir das Ergebnis zu holen. Nein, dieses eine Mal hatte ich es vorgezogen, mir die negative Antwort telefonisch durchgeben zu lassen. Nur aus dem einen Grund, dass ich mich gleich heulend unter der Bettdecke verkriechen konnte. Das ersparte mir den Weg vom Arzt bis nach Hause, auf dem ich mich zusammenreißen musste. Und es ersparte mir den Anblick von schwangeren Frauen im Wartezimmer.
Mittlerweile war ich zu einer Frauenärztin gewechselt. Das hatte den Vorteil, dass sie mich während der Behandlungen untersuchen konnte, und ich mir einige Fahrten nach Polen sparen konnte. Aber es hatte auch den Nachteil, dass man immer mit dem Babyglück anderer konfrontiert wurde. So rief ich also an und verlangte nach meiner behandelnden Ärztin.

Es dauerte eine gefühlte Ewigkeit, bis ich durchgestellt wurde. Eigentlich hätte ich es an ihrer Stimme merken müssen. Aber erst im Nachhinein fiel mir auf, dass sie dieses Mal nicht so zögerlich und abwartend sprach. Einmal zu hören, dass ich schwanger sei, ich konnte mir gar nicht mehr vorstellen, wie sich das anfühlen würde. Was das mit mir machen würde. So lange hatten wir gehofft und wurden immer wieder enttäuscht. Zum Ende hin haben wir diese Gefühle gar nicht mehr zugelassen, zumindest nicht ganz so stark wie am Anfang. Das führte allerdings dazu, dass wir einfach nur noch funktionierten.

Wenn man keine Emotionen mehr zeigen kann, ist es, als wenn die eigene Seele sterben würde. Und dann sprach die Ärztin das aus, worauf ich all die Jahre gewartet hatte.

Dieser eine Satz: „Herzlichen Glückwunsch, Sie sind schwanger", löste ein solches Glücksgefühl in mir aus, dass mir tatsächlich der Hörer aus der Hand fiel. Das war der Tag, an dem ich geglaubt hatte, nun würde alles besser werden. Nun wären wir endlich am Ziel.

Ausgerechnet beim letzten Versuch, für den wir noch unser letztes Erspartes zusammengekratzt hatten, hatte es funktioniert. Fast war mir so, als wäre es Schicksal gewesen. Wenn es so war, dann hat das Schicksal jedoch Schreckliches mit uns vorgehabt. Die ersten Wochen verlief alles super. Eine richtige Bilderbuchschwangerschaft. Doch in der zehnten Schwangerschaftswoche traten plötzlich Blutungen auf. Am Anfang nur ganz leicht, und die Ärztin beruhigte mich jedes Mal mit den Worten: „Das kann schon mal vorkommen", und schickte mich mit der Ermahnung, ich solle es ein bisschen ruhiger angehen lassen, wieder nach Hause. Natürlich hatte ich mich geschont. Jede Arbeit, bei der ich mich bücken müsste, nahm Jonas mir ab. Auch auf dem Gestüt trat ich kürzer.

Max wusste Bescheid und bekam regelmäßig einen Tobsuchtsanfall, wenn er mich beim Ausmisten erwischte. Den ganzen Tag rumliegen konnte ich nicht und hielt es auch nicht für notwendig. Wäre dies der Fall gewesen, hätte meine Ärztin es mir schon gesagt. Tatsächlich wurde es besser und ich bekam immer seltener Blutungen. Ich war bereits Ende des fünften Monats, als ich ohne Vorwarnung mitten in der Nacht von heftigen Bauchkrämpfen geweckt wurde. Ich wusste sofort, dass mit unserem Baby etwas nicht stimmte.

Jonas war durch mein Stöhnen bereits aufgewacht und erfasste in Sekundenschnelle die Situation. Rasch zog er mir meinen Morgenmantel über und stütze mich auf dem Weg ins Auto. Die Schmerzen waren mittlerweile unerträglich geworden und ich spürte Nässe zwischen den Beinen. Für einen Moment befürchtete ich, die Fruchtblase wäre geplatzt, aber als ich einen Blick zwischen meine Beine warf, sah ich Blut durch meine Schlafanzughose sickern. Ich wurde panisch und fing an zu weinen. Ich bettelte Jonas an, schneller zu fahren und alle Verkehrsregeln zu brechen. Er hatte bereits telefonisch Bescheid gegeben, dass es sich um einen Notfall handelte, und so warteten bereits ein Arzt und eine Krankenschwester mit einer Liege am Parkplatz der Notaufnahme, als wir nach fünfzehn, sich ewig ziehenden Minuten das Krankenhaus erreicht hatten.

Was dann geschah, daran kann ich mich nur vage erinnern. Jonas erzählte es mir später, nachdem wir unsere kleine Tochter zur Einäscherung freigegeben hatten. Ich kam wohl direkt zu der Frauenärztin, die mich gleich untersuchte. Meine Befürchtungen hatten sich bestätigt. So angestrengt sie auch suchte, es waren keine Herzschläge mehr zu hören. Dann wurde mir ein Wehen förderndes Mittel gespritzt und innerhalb einer Stunde war Jessica geboren. Der Anblick dieses kleinen Wesens, das irgendwie doch schon ein richtiger Mensch war, war unbeschreiblich. Ich konnte nicht aufhören, sie anzusehen und zu berühren. Nur kurz durfte sie bei uns bleiben, dann wurde sie weggebracht." Angelinas Stimme wurde zittrig und drohte zu versagen. Wieder gleitete ihre Hand über das Kreuz.

„Hier, in diesem Grab ist sie immer in meiner Nähe und ich kann sie, wann immer ich Sehnsucht nach ihr erspüre, besuchen. Ich sitze oft stundenlang hier. Jonas meidet diesen Platz. Für ihn war es, wie ich glaube, noch schwerer als für mich. Ich durfte Jessica wenigstens fünf Monate in mir tragen und sie gebären. Jonas dagegen konnte bei alldem nur zusehen. Kein einziges Mal durfte er sie spüren. Für ihn stand fest, dass er keinen weiteren Versuch wagen wollte. Dann kamen noch die finanziellen Probleme hinzu und wir mussten eine Entscheidung treffen."

Gefasster, als ich es von Angelina erwartet hätte, sprach sie weiter. „Das ist nun die ganze Wahrheit. Nun weißt du wirklich alles von mir."

Mir steckte ein Kloß im Hals, der mich daran hinderte, irgendetwas darauf zu erwidern. Plötzlich überfiel mich eine tiefe Traurigkeit. Und ich fing an zu weinen. Ich weiß nicht genau, warum ich weinte. War es wegen der kleinen Jessica, deswegen, weil Angelina ihr Glück genommen worden war oder weil ich mit meinen drei Kindern so gesegnet war. Ich spürte eine unendliche Dankbarkeit für das Leben. Angelina nahm mich in den Arm. Dabei sollte es doch eigentlich umgekehrt sein. Nicht sie sollte mich trösten, sondern ich sie. „Es ist okay für mich", sagte sie leise. „Ich kann es nicht ändern. Mittlerweile habe ich begriffen, dass ich die Vergangenheit loslassen muss. Sonst erdrückt sie mich und hindert mich daran, ein glückliches Leben zu führen. Ich weiß nicht, was das Leben für mich bereit hält, aber ich muss mich darauf einlassen."

Nachdem ich mich wieder einigermaßen gefasst hatte, schaute ich Angelina fragend an. „Aber hast du wirklich schon mit deinem Kinderwunsch abgeschlossen?"

„Nein, aber bitte sag es nicht Jonas."

Ich nickte.

„Es ist mein größter Wunsch, und das wird er auch immer bleiben. Und vielleicht, irgendwann einmal, in ein paar Jahren, wenn wir wieder etwas zusammengespart haben, will ich es noch ein einziges Mal versuchen. Das bin ich unserem kleinen Mädchen irgendwie schuldig." Angelina gähnte. Erst jetzt dachte ich daran, dass sie ja als Pferdewirtin sehr früh aufstehen musste.

„Komm, lass uns ins Bett gehen und morgen weiterreden", sagte ich.

Sie gähnte noch einmal. „Gerne, komm gehen wir rein." Wir nahmen die Weingläser und die halb volle Flasche und gingen zu Bett.

Am nächsten Tag sprachen wir nicht über die kleine Jessica. Ich glaube, wir wollten es beide nicht. Stattdessen machten wir uns einen schönen Tag und spazierten auf einem herrlichen Waldweg zum nahegelegenen See, um mit dem Boot zu fahren.

Gegen Mittag erhielt Angelina jedoch einen Anruf. Es war Max. Ihm ginge es nicht so gut und sie solle doch kommen, um für zwei Stunden auf dem Gestüt auszuhelfen. Ich begleitete Angelina natürlich zurück und es machte mir nichts aus, dass wir den Ausflug abbrechen mussten. Bei ihr angekommen, schnappte ich mir Papier und Stift und schrieb mein Buch fertig. Genauso wie die ersten Tage sprudelte mein Kopf über vor Gedanken und meine Finger hatten Mühe, ihnen hinterher zu kommen.

Es waren herrliche Tage, und wir beschlossen, diese schon bald zu wiederholen.

Zu Hause angekommen machte ich mich gleich daran, mein Buch Korrektur zu lesen. Das Korrigieren des Textes dauerte mindestens genau so lange wie das Schreiben selbst. Und oft hatte ich Zweifel, ob es überhaupt jemand lesen würde. Doch auch wenn ich immer wieder tagelang Abstand nahm, zog es mich erneut magnetisch zum Laptop hin.

Nach nicht einmal vier Monaten hatte ich es geschafft. Der Drucker ratterte, als er die etwas über 100 Seiten ausdruckte. Zum ersten Mal würde ich mein Buch auf Papier in Händen halten. Der Vergleich, als ich damals meine Kinder das erste Mal in den Armen halten durfte, ist vielleicht etwas weit hergeholt, aber die Gefühle waren nahezu identisch intensiv. Etwas, auf das man so lange hingearbeitet hat, in dem so viel Herz von einem selber steckt, macht unglaublich stolz und glücklich. Dieses Buch war gut, davon war ich felsenfest überzeugt. Und ob es nun 10 oder 100 oder vielleicht sogar 1000 Menschen lesen würden, war mir im Grunde total egal. Schon während des Schreibens hatte ich nach Verlagen Ausschau gehalten, die für mich infrage kämen. Ich wollte auf keinen Fall einen Druckkostenzuschuss bezahlen. Doch wie sich herausstellte, war es fast unmöglich, ein Buch drucken zu lassen, ohne in Vorkasse zu gehen. Doch der Gedanke, Tausende von Euro im Voraus zu zahlen, behagte mir überhaupt nicht. Durch Zufall bin ich dann eines Tages auf eine Seite im Internet gestoßen, wo es einem ziemlich leicht gemacht wurde, sein Buch selbst zu verlegen. Da hier die Bücher nur nach tatsächlicher Bestellmenge gedruckt würden, musste man auch nicht in Vorleistung gehen. Je mehr ich mich mit dieser Art des Verlegens auseinandersetzte, desto besser sagte sie mir zu. Die richtige Formatierung und die Layout-Gestaltung bereiteten mir, da ich es ja gelernt hatte, keine Probleme. Und so stand mein Entschluss relativ schnell fest, dass ich mein Buch selbst veröffentlichen würde.

An einem gewöhnlichen Dienstag

Es war später Abend. Die Kinder waren im Bett und mein Mann war beruflich für ein paar Tage unterwegs. Ich hatte mir bewusst diesen Tag ausgesucht, um mein Buch online zu stellen. Die letzten Nächte hatte ich kaum geschlafen. Ich hatte es vorgezogen, niemandem, bis auf Angelina und Marc natürlich, von meinem Vorhaben zu erzählen. Zu leicht war ich aus der Bahn zu werfen. Ich hatte es mir richtig gemütlich gemacht. Auf dem Küchentisch brannte eine Kerze und ich goss mir ein Glas Wein ein. Der Laptop war bereits eingeschaltet und die Seite zum Hochladen geöffnet. Ich musste nur noch die Datei auswählen und auf Veröffentlichen klicken. Genüsslich nahm ich einen Schluck und griff mit der anderen Hand zur Maus, ohne das Weinglas loszulassen. Die Datei war schnell hochgeladen und dann war es soweit. Ich führte den Zeiger mit der Maus auf den Button. Schloss die Augen und dann vernahm ich das erlösende „Klick". Ich trank mein Glas in einem Zug aus und stellte es auf den Tisch. So, geschafft. Jetzt lag es nicht mehr in meiner Hand.

Bis auf zwei, drei Werbemaßnahmen hatte ich nicht viel gemacht. Ein paar Exemplare schickte ich vorab an Menschen, von denen ich glaubte, sie könnten sich mit dem Thema identifizieren. Im Marketing kannte ich mich nicht so gut aus, deshalb hatte ich gehofft, das würde reichen. Täglich wurden Hunderte von Büchern veröffentlicht, das war mir ebenso klar wie, dass es für einen Neuautor wie mich schwer werden würde, sich einen Namen zu machen. Und vielleicht war es auch etwas naiv, wie ich an die Sache herangegangen war, aber ich hatte die ganze Zeit über auf dieses Gefühl in meinem Bauch gehört.

Die folgenden Tage traute ich mich nicht, mir die Verkaufszahlen anzusehen. Einerseits war ich schrecklich neugierig, andererseits hatte ich auch riesige Angst davor. Nicht einmal davor, dass vielleicht nur ein paar Stück verkauft worden wären, nein, vielmehr vor den Rezensionen. Auch wenn man nicht jede Geschmacksrichtung bedienen konnte, hätte mich eine negative Kritik doch sehr getroffen.

Samstagabend kam mein Mann von seiner Reise zurück. Er war fast noch interessierter an den Verkaufszahlen als ich. Umso enttäuschter war er, als ich ihm mitteilte, ich wüsste sie nicht. Als Geschäftsmann konnte er das nicht nachvollziehen. Mit meinem Einverständnis loggte er sich deshalb in meinem Autoren-Account ein, um die Verkaufszahlen zu prüfen. Ich saß die ganze Zeit daneben, ohne auch nur einen Blick auf den Bildschirm zu riskieren. Ich wippte mit beiden Füßen und zupfte mit den Händen nervös an meinem Haarzopf rum. Das dauerte mir viel zu lange.

„Mensch, sag doch mal was. Ich werds schon überleben."

„Da bin ich mir nicht so sicher, mein Schatz."

„Was soll das nun schon wieder, komm, rück raus mit der Sprache!"

„Soll ich wirklich?"
Genervt und mit einem: „Dann hätte ich auch gleich selber schauen können", riss ich den Laptop herum und suchte nach den entscheidenden Zahlen. Aber ich fand sie nicht. Da stand nur etwas von 509 verkauften Exemplaren. Aber das konnte doch nicht sein. Hier konnte es sich doch unmöglich um mein Buch handeln?

Ich brauchte ein paar Tage, um den Schock zu verdauen. Ich hatte mit allem gerechnet. Nur nicht damit. Irgendetwas musste ich richtig gemacht haben, denn in den folgenden Tagen stiegen die Verkaufszahlen weiter und mein Buch landete in den Top 10. Die Bewertungen waren fast durchwegs positiv und das bestärkte mich natürlich ungemein.

Der Erfolg machte mich mutiger und so beschloss ich, weitere Werbemaßnahmen zu ergreifen. Mittlerweile hatte ich mit dem Verkauf ein kleines Vermögen angehäuft. Bei über 2.000 verkauften Exemplaren waren es stolze 3.600 Euro, die mir das Buch eingebracht hatte. Natürlich gab es den einen oder anderen Wunsch, den ich mir gerne erfüllt hätte. Aber keinen richtigen Herzenswunsch. Zumindest keinen, der mich betraf. Ich wollte die Idee, wie ich mein Geld sinnvoll anlegen konnte, erst einmal mit Marc besprechen. Schließlich war er hier der Erfahrenere, was Geldanlagen betrifft. Ich unterbreitete ihm den Vorschlag mehr oder weniger zwischen Tür und Angel. Er war gerade auf dem Sprung zu einem Abendessen mit Jens. Ich konnte es

aber unmöglich noch so lange für mich behalten, packte ihn am Arm und stieß hervor: „Schatz, ich weiß, was ich mit dem Geld anstelle."
„Na, jetzt bin ich aber mal gespannt."
„Ich werde es Angelina geben, für einen weiteren Versuch." Dabei musste ich gestrahlt haben wie die Sonne in der Mittagszeit.

„Mach das, was dich glücklich macht. Ich unterstütze dich bei allem", antwortete Marc und küsste mich zärtlich. Als er das Haus verließ, drehte er sich noch einmal um und rief mir zu: „Genau deshalb habe ich dich geheiratet."

Kapitel 8

Es war nicht der Erfolg des Buches, der mich so glücklich machte. Sondern die Gewissheit, dass ich damit Menschen erreichen konnte. Ich wollte mit meinem Buch etwas bewegen. Je tiefer ich mich in die Thematik eingearbeitet hatte, desto mehr fühlte ich mit den Betroffenen.

Ich wollte dazu beitragen, dass diese Ungerechtigkeit, die diesen Menschen von allen Seiten entgegenschlägt, und die Hindernisse, die ihnen von der Politik in den Weg gelegt werden, geringer werden. Natürlich wusste ich, es würde kein einfacher Weg werden. Aber ich wollte es wenigstens versuchen. Ich wollte für all jene kämpfen, die vielleicht noch zu schwach waren, dies selber zu tun. Und ich wollte für Angelina kämpfen.

Mittlerweile steckten Angelina und ihr Mann in den Vorbereitungen für ihre letzte ICSI. Sie hofften, dass einige Blastos für eine Kryo übrig blieben, aber wie schon die vorherigen Male machten ihnen die Ärzte keine großen Hoffnungen. Die Anzahl der befruchteten Eizellen war einfach immer zu gering gewesen. Doch wie davor hielt Angelina sich an jedem noch so kleinen Funken Hoffnung fest. Dafür bewunderte ich sie sehr. Nachdem ich ihr den Scheck überreicht hatte, stand sie einfach nur da, das Stück Papier in den Händen, die plötzlich zu zittern anfingen. Sie wurde kreidebleich und starrte mit offenem Mund auf die Summe. Dann schaute sie mich an und Tränen liefen ihr über die Wangen.

„Jessica, dich hat der Himmel geschickt", flüsterte sie und umarmte mich. In dem Moment wusste ich, dass all die Zeit, die ich für dieses Buch aufgebracht habe, all die schlaflosen Nächte in denen ich vor dem leeren Blatt Papier saß, nicht umsonst gewesen waren. Den Erfolg des Buches an verkauften Exemplaren zu messen, war mir nicht wichtig. Das hier war so viel mehr wert. Endlich hatte ich das geschafft, was ich von dem Moment an, als ich Angelinas Geschichte zum ersten Mal hörte, immer wollte. Ihr helfen.

Fast täglich telefonierten wir in dieser Zeit. Weil sie mittlerweile den Ablauf im Ausland gewohnt waren und der ihr Sicherheit gab, vertrauten sie sich auch dieses Mal den Händen dieses Arztes an. Und dann kam der Moment, auf den Angelina und ihr Mann so hingefiebert hatten. Ihr wurde ein wunderschöner Blasto eingesetzt.

Den ganzen Tag über war es, als würde ich auf heißen Kohlen sitzen. Ich war zu nichts zu gebrauchen und konnte kaum einen klaren Gedanken fassen, weil ich immerzu nur an Angelina dachte. Dann am späten Abend erreichte mich endlich eine E-Mail:

Liebe Jessica,

ich saß auf diesem Stuhl, der mir bis jetzt immer furchtbare Angst gemacht hatte. Dieser Stuhl, der über alles oder nichts entscheiden würde. Wochenlange Vorbereitungen für diesen einen Moment. Ich versuchte mich zu entspannen, was bei der Vielzahl an Geräten und maskierten Helferinnen fast unmöglich war. Es wurde nur polnisch geredet. Ich fühlte mich schrecklich verletzlich und ausgeliefert, aber auch voller Hoffnung. Als dann endlich der Arzt den Raum betrat, mich nach meinem vollständigen Namen und Geburtsdatum fragte, um Verwechslungen auszuschließen, schloss ich die Augen und atmete tief ein. Ich dachte an dich, an den Moment, wo ich dich das erste Mal sah. Wie du mein Leben auf so wunderbare Art und Weise bereichert und auch ein Stück weit verändert hast. Und mit einem Mal war meine Angst wie weggeblasen. Alles hatte seinen Sinn. Ich konnte es nicht lenken. Es lag alles in den Händen von etwas viel Mächtigerem. Ich lasse mich darauf ein. Als ich die Augen öffnete, war es bereits vorbei. Der Arzt legte die komisch anmutende Spritze, mit der mein Blasto eingesetzt wurde, beiseite und nickte mir zu. Eine Helferin hievte mich auf das Krankenbett und schob mich über den Gang in den Ruheraum. Hier lagen noch drei weitere Frauen. Ich kannte das ja schon von den vorherigen Malen. In einem Moment, der so intim war wie kaum ein anderer, musste man sich damit arrangieren, nicht allein sein zu können. Jedes Mal wieder war das ein komisches Gefühl. Ich hoffte einfach nur, dass die Zeit schnell vergehen würde. Nach ewigen 60 Minuten durfte ich endlich aufstehen und mich anziehen. Jonas wartete bereits ungeduldig. Er nahm mich in den Arm. Dann gingen wir zum Auto und fuhren nach Hause. Ich bin froh, dass es nun endlich vorbei ist. Für dieses eine Mal. Oder, ich hoffe es sehr, für immer.

Deine Angelina

1 Monat später

Draußen regnete es in Strömen. Der Regen prasselte an unser Schlafzimmerfenster und hatte mich viel zu früh geweckt. Mein Mann war bereits in der Arbeit. Ich versuchte, noch einmal einzuschlafen, schaffte es aber nicht. Also beschloss ich, aufzustehen.

Ich wollte mir gerade Kaffee einschenken, da fiel mein Blick auf die Tageszeitung, die mein Mann wie jeden Tag schon reingeholt hatte. Es waren noch ein paar Briefe dabei, die ich achtlos beiseitelegen wollte.
Doch dann entdeckte ich einen Brief. Von Angelina. Wir schrieben uns öfter, aber derzeit hatte ich nicht mit einer Nachricht von ihr gerechnet. Sie hatte sich nach der letzten Behandlung ein bisschen zurückgezogen und ich akzeptierte es vorbehaltlos. Ich wollte sie auf keinen Fall bedrängen, sondern ihr die Zeit lassen, die sie brauchte. Ich öffnete das Kuvert, dabei fiel ein kleines Blatt Papier auf den Boden. Als ich es aufhob und umdrehte, stockte mir der Atem. Das, was ich da sah, kannte ich nur zu gut. Es war ein Ultraschallbild. Aber nicht irgendeines. Sondern das von Angelina. Angelina war schwanger! O Gott, war das wunderbar! Vor Freude kamen mir die Tränen.

9 Monate später

In den letzten Monaten hatte sich einiges getan. Je mehr Zeit verging, und je größer Angelinas Bauch wurde, desto mehr fieberten wir dem freudigen Ereignis entgegen. Wir telefonierten nun fast täglich miteinander. Auch wenn es oft nur für ein paar Minuten war, tat es mir gut, ihre Stimme zu hören.
Oft rief sie auch nur an, weil sie etwas zur Schwangerschaft wissen wollte oder bei ihrer Checkliste wieder mal feststellte, dass sie keinen Plan hatte, was sie noch alles brauchen würde. Angelina fand, bei dem heutigen Angebot an Babyartikeln wurde man total überfordert. Und so war sie froh, mich um Rat fragen zu können. Ich hatte heute bereits das vierte Paket mit Klamotten, Spielsachen und vielen anderen nützlichen Dingen an sie geschickt. Jahrelang hatte ich mich nicht von den Sachen trennen können. Jetzt, wo ich die Dinge in guten Händen wusste, fiel es mir leicht, auszusortieren. Bei drei Kindern sammelte sich ja auch eine Menge an. Auf unserem Dachboden stapelten sich die Schachteln. Jedes einzelne Teil hielt ich in den Händen und schwelgte in Erinnerungen.
Wie klein sie doch einmal gewesen waren. Wie hilflos und zerbrechlich. Und jetzt, ein paar Jahre später, waren es schon richtige kleine Persönlichkeiten. Mit eigenem Charakter und so unterschiedlich, dass meinem Mann und mir manchmal Zweifel kamen, ob sie wirklich Geschwister waren.

Ich freute mich so sehr auf das Baby. Es würde im Spätsommer zur Welt kommen. Marc hatte sich bereits Urlaub eingetragen, sodass wir gleich nach der Geburt für ein paar Tage hinfahren konnten. Unser letzter Besuch war jetzt schon wieder eine Weile her. Angelinas Bauch war in der Zwischenzeit riesig geworden.

Wöchentlich schickte sie mir Fotos und schrieb ein paar Zeilen dazu. In ihrer letzten Nachricht ließ sie sich darüber aus, dass sie nachts nicht mehr schlafen konnte. Lag sie auf der Seite, drückte die Kleine. Lag sie auf dem Rücken, schnarchte sie, und ihr Freund konnte nicht mehr schlafen. Und an ein Schlafen auf dem Bauch war schon lange nicht mehr zu denken. Ich musste immer lachen, wenn sie so gespielt jammerte. Wusste ich doch, dass sie jede Sekunde des Schwangerseins genoss. Außerdem würde das nächtliche Schlafen nach der Geburt nicht wirklich besser werden.

Heute Morgen hatte mich Angelina bereits gegen fünf Uhr mit einer Nachricht geweckt. Gewöhnlich schaltete ich mein Handy nachts auf lautlos, doch da es jetzt jeden Moment so weit sein konnte, hatte ich das vorsichtshalber die letzten Nächte sein lassen.

+Kann nicht schlafen, mir tut der Rücken so schrecklich weh+

+Wieso mag sie nicht rauskommen, ich kann nicht mehr+

Ach Angelina, du bist mindestens genauso ungeduldig wie ich, schmunzelte ich noch ganz schlaftrunken und tippte eilig zurück:

+Geduld, mein Fräulein, Geduld. (-;+
Gegen Abend dann die erlösende Nachricht.
+Doch keine gewöhnlichen Rückenschmerzen. Julia ist endlich da. Kerngesund und wunderschön. Mein Herz ist voll mit Liebe und Dankbarkeit+

Kapitel 9

Es war ein herrlicher Herbstmorgen. Die Blätter der Bäume strahlten in Rot-, Gold- und Brauntönen. Bestens gelaunt öffnete ich das Fenster und atmete die noch kühle Morgenluft ein. Heute war ein besonderer Tag. Ich goss mir eine Tasse Kaffee ein und nahm einen großen Schluck. Heute würden wir alle zu Angelina fahren. Denn heute war Julias Taufe.

Meine Kinder waren mindestens so aufgeregt wie ich, wenn nicht noch aufgeregter. Während der ganzen Fahrt quasselten sie ununterbrochen. Mein Mann und ich waren mit unserem Bespaßungsprogramm fast am Ende, als wir das Ortsschild von Angelinas Dorf erreichten. So erleichtert war ich schon lange nicht mehr gewesen.

Natürlich konnte ich meine Kinder verstehen. Sie waren noch nie bei einer Taufe dabei gewesen. Schon alleine die Frage, was wir denn anziehen sollten, hatte uns tagelang beschäftigt. Antonia entschied sich dann nach langem Hin und Her für ein traumhaftes Sommerkleid.

Sie war so fest davon überzeugt, an diesem Tag würde es noch warm sein, dass alle meine Einwände diesbezüglich an ihr abprallten. Und sie sollte recht behalten. Das Thermometer zeigte gegen elf Uhr schon warme 21 Grad an. Untypisch für einen Tag im Oktober. Unsere zwei Jungs hingegen wollten es etwas legerer haben. Ihnen stand der Sinn – so vermutete ich – nicht nach Feiern und Torte futtern, sie wollten vielmehr auf dem Gestüt herumtoben und die Pferde streicheln. Ich hatte ihnen versprochen, dass wir auch dazu genügend Zeit finden würden.

Mein Mann trug eine legere dunkle Leinenhose mit einem einfachen, hellen Hemd. Seine Haut war braungebrannt und die dunklen Haare fielen ihm wirr ins Gesicht. Ich konnte heute nicht aufhören, ihn anzusehen. Das letzte Jahr hatte uns so viel näher zusammengebracht. Endlich waren wir die Familie, von der ich immer geträumt hatte. Jeder von uns ging auch seinen eigenen Weg, und doch hatten wir das gleiche Ziel. Die letzten Monate begriff ich erst, was es für mich heißt, Kinder zu haben. Meine Kinder waren Individuen. Es hat lange gedauert, bis ich das verstanden habe. Seitdem ich nicht mehr versuchte, meine Kinder gleich zu behandeln, sondern jedes von ihnen in seinen Vorlieben und Interessen bestärkte, sind sie und damit ich und wir als Familie deutlich entspannter und glücklicher geworden.

Als ich bei Angelina am Bett auf der Entbindungsstation saß und ihr kleines Mädchen in den Armen hielt, konnte ich meine Tränen nicht unterdrücken. Die Situation erinnerte mich einfach zu sehr an den Moment, wo ich meine Kinder zur Welt bringen durfte. Angelina und ich, wir verstanden uns blind. Eigentlich hätte sie es nicht aussprechen müssen. Denn ich spürte sofort dieses magische Band zwischen mir und der kleinen Julia. Angelina war noch etwas mitgenommen von der anstrengenden Geburt. Sie richtete sich nicht auf, sondern drückte einfach nur meinen Arm und flüsterte leise, da sie Julia nicht wecken wollte: „Möchtest du meine Tochter auf ihrem Weg begleiten und ihr helfen, glücklich zu werden?"

Ich hatte gerade geschafft, die Tränen in den Griff zu bekommen, da wurde ich schon wieder von meinen Gefühlen überrannt. „Natürlich möchte ich das, sehr gerne sogar. Ich verspreche dir, dass ich immer für sie da sein werde." Und so wurde ich Taufpatin.

Weil ich keine Geschwister hatte, und die Schwester von Marc weit weg wohnte, hatte ich eigentlich bereits damit abgeschlossen, je in den Genuss zu kommen. Es war eine große Ehre, aber auch eine große Verantwortung. Dessen war ich mir bewusst. Wegen der Entfernung, die zwischen uns lag, würde es auch nicht immer einfach werden. Doch wir hatten mittlerweile einen guten Weg gefunden. Wir fuhren öfter übers Wochenende zu Angelina. Der nette Gestütbesitzer hatte uns beim ersten Besuch sofort das Obergeschoss seines Hauses angeboten. Da er ja alleine lebe, versicherte er uns, dass es für ihn kein Problem sei, ein paar Tage im Erdgeschoss zu hausen. Und wir nahmen das Angebot dankend an. Denn die nächste Pension war über 30 Kilometer entfernt.

Wir saßen dann abends alle draußen bei einem Glas Wein, während die Kinder noch tobten, und führten lange Gespräche. Angelina, Jonas und der alte Herr waren mittlerweile ein Teil unserer Familie geworden. Und nun kam noch jemand dazu: Julia.

Antonia hatte mich mit ihrer optimistischen Einstellung dem Wetter gegenüber am Ende sogar angesteckt. Und so trug auch ich ein Sommerkleid, das mir bis zu den Knien reichte. Ich war allerdings auf Nummer sicher gegangen und hatte für uns alle wärmere Klamotten eingepackt. Man konnte ja nie wissen. Die Taufe würde auf dem Gestüt stattfinden, soviel hatte Angelina mir schon verraten.

Als der Hof in Sichtweite kam, erblickten wir die Luftballons, die überall hingen. Umgeben von Strohballen war eine wunderschöne, herbstlich dekorierte Festtafel aufgebaut. Aus den Vasen ragten große gelbe Sonnenblumen und überall waren Laternen aufgestellt. Es würde ein wunderschöner Tag werden.

Angelina musste gleich herausgerannt sein, als sie uns kommen hörte, denn als ich ausstieg, stand sie bereits vor mir und umarmte mich fest. Dann begrüßte sie herzlich Marc und meine Kinder, die mittlerweile lautstark protestierten, weil sie im Auto gefangen waren. Nach der langen Fahrt mussten sie sich erst mal die Füße vertreten und stürmten sofort zu den Pferden. Meine anfängliche Angst, ihnen könnte bei den Tieren etwas zustoßen, war mittlerweile verflogen. Es war jedes Mal aufs Neue schön zu sehen, mit welchem Respekt sie den Tieren gegenübertraten. Einer gemütlichen Tasse Kaffee und Geplauder stand nichts im Weg.

Aber plötzlich drang ein lautes Schreien aus dem Haus. Angelina wollte gerade die Kaffeekanne absetzen, da war ich schon aufgestanden und ging zum

Haus. Julia lag in einer wunderschönen, geschnitzten Wippe. Sie war fest in eine rosa Decke gewickelt und sah einfach süß aus, wie sie aus Leibeskräften schimpfte. Schnell nahm ich sie heraus und begrüßte sie.

„Na, du kleine Maus, haben wir dich total vergessen. Recht hast du, dich gleich bemerkbar zu machen." Dann gab ich ihr einen kleinen Stups mit der Nase, worauf sie mich mit großen Augen anschaute. „Deine Taufpatin ist da, heute ist dein großer Tag."

Sie öffnete den kleinen Mund zu einem Gähnen.

„Na na, wer wird denn da schon wieder müde sein. Eigentlich gibt's ja Geschenke erst nach der Taufe, aber in diesem besonderen Fall hab ich mir gedacht, du bekommst es schon vorher."

Immer noch blickte sie mich mit großen Augen an und streckte mir die Ärmchen entgegen. Fast so, als wollte sie sagen, „her damit". Ich kramte mit der rechten Hand in meiner Tasche, die ich noch immer umgehängt hatte, und zog einen gelben Umschlag mit einer Sonnenblume heraus. Wie passend, dachte ich mir. Dann öffnete ich den Brief und begann ihn Julia vorzulesen.

Dein Gesicht so zart wie ein Engel.
Deine Augen, dieses Blitzen, hat was von einem Bengel.

Deine Hände, so winzig, so klein.
Deine Gedanken, dein Handeln noch so rein.

Dein Organ bestimmt gewaltig und schrill.
Dein Lächeln dafür atemberaubend schön und still.

Deine Liebe, die du uns schenkst, ist ehrlich und ernst gemeint.

Deine Tränen, die klarsten, die je jemand hat geweint.

*Deine bloße Anwesenheit lässt
mich alle Sorgen vergessen.
Dass du da bist, dieses Glück
lässt sich mit nichts messen.*

*Deinen Charakter kann man
jetzt nur erahnen,
Deinen zukünftigen Weg nur
mit meiner Liebe bahnen.*

*Dein Weg ist dir vorherbe-
stimmt,
doch egal wie schwer, ich werde
für dich da sein und dir zur
Seite stehen, mein Kind.*

„Wunderschön."

Ich erschrak und zuckte kurz zusammen. Ich war so in das Gedicht und in Julias Gesichtsausdruck vertieft gewesen, dass ich nicht bemerkt hatte, wie Angelina hereingekommen war. Sie hatte die ganze Zeit über still am Türrahmen gestanden und zugehört. Ich war in keiner Weise peinlich berührt. Angelina erst hatte mich auf die Idee gebracht, es einmal mit dem Schreiben von Gedichten zu versuchen. Am Anfang wollte es auch nicht so recht klappen. Bis ich merkte, dass ich nicht so verbissen an die Sache rangehen durfte. Das Gedicht für Julia hatte ich innerhalb von fünf Minuten geschrieben.

Damals lag ich mit meinen Kindern draußen im Garten auf einer Decke, und wir beobachteten die vorbeiziehenden Wolken. Tim behauptete felsenfest, er wüsste, dass da auf dieser einen kleinen Wolke Angelinas Baby sitze und bald zu uns kommen werde. Ich kann mich noch gut an diesen Moment erinnern. Ich fragte ihn: „Wie kommst du denn darauf?", da antwortete er mit einem genervten Unterton, „Mensch, Mama, das sitzt jetzt schon so lange da oben, das will jetzt endlich runterkommen und mit uns spielen."

Und da lagen wir und dachten an die kleine Julia, die bald kommen würde. Auf einmal hatte ich die Eingebung. Schnell rannte ich, wie von der Tarantel gestochen, ins Haus, schnappte mir ein Blatt Papier und einen Stift und fing an zu schreiben. Es war das einzige Gedicht, das ich bisher zu Ende gebracht hatte. Es war bei Weitem nicht perfekt, doch kam es von Herzen.

Und nur das zählte. Außerdem war es auch eher Angelinas Stärke, zu dichten. So hatte jeder von uns seine eigene Art, Geschehenes zu verarbeiten.

Ich überreichte den Brief Angelina mit der Bitte, sie möge ihn in dem Bilderrahmen, den ich besorgt hatte, in Julias Zimmer aufhängen. Gerne würde sie das tun, versprach sie mir. Dann gingen wir mit Julia hinaus. Mittlerweile waren schon die Gäste eingetroffen. Bis auf Jonas Eltern, Max und uns kamen keine weiteren. Es würde eine Feier im kleinen Kreis werden. Aber das machte es umso schöner. Unsere Kinder waren mittlerweile von ihrer Entdeckungstour zurück und wir gingen zur nahegelegenen Kapelle, wo der Pfarrer bereits auf uns wartete.

Man merkte gleich, dass er sich große Mühe gab, der Taufe etwas Besonderes zu verleihen. Als wüsste er, was es mit diesem Kind auf sich hatte. Die ganze Zeit über durfte ich Julia in den Armen halten. Das werde ich wohl nie mehr vergessen. In dieser kleinen Kapelle, an diesem schönen Ort, vor Gott, aber vor allem vor Julia und ihren Eltern habe ich in diesem Moment geschworen, ein Leben lang für sie da zu sein. Ich würde alles für sie geben, genauso wie für meine Kinder.

Als wir aus der Kapelle traten und die Glocken läuteten, strahlte die Sonne mit ganzer Kraft. So, als hätte sie extra für diesen Tag noch einmal all ihre Reserven ausgepackt. Gut gelaunt und mittlerweile recht hungrig gingen wir zurück und ließen uns die Festtagstorte schmecken. Es wurde wirklich ein sehr schöner Tag.

Wir lachten und redeten und stellten irgendwann zu unserem Bedauern fest, dass es schon Spätnachmittag war. Leider konnten wir nicht über Nacht bleiben, da Tim am nächsten Tag ein wichtiges Fußballspiel hatte. Gegen achtzehn Uhr brachen wir auf. Die Feier würde sowieso bald zu Ende sein, da auch Julia schon ganz kleine Augen hatte und müde wirkte. Es dauerte eine Weile, bis wir die Kinder und unsere sieben Sachen beisammen hatten, dann brachen wir auf.

Die Kinder waren so erschöpft, das sie schon nach wenigen Minuten eingeschlafen waren. So hatten ich und Marc eine entspannte Heimreise und trafen früher als geplant zu Hause ein.
Nachdem wir zu Hause angekommen und unsere Kinder zu Bett gebracht hatten, setzte ich mich noch an den Computer. Ich wollte Angelina gerne noch eine kurze E-Mail schicken. In der ganzen Hektik bei der Abreise hatte ich ganz vergessen, ihr zu sagen, wie schön ich den Tag empfunden hatte. Im Posteingang blinkte bereits eine Nachricht. Sie war von Angelina. „Gedankenübertragung", schmunzelte ich und öffnete ihre Nachricht:

Liebe Jessica,

ich muss dir unbedingt schreiben.
Als du und deine Familie heimgefahren ward, fiel mir auf, dass ich Max schon seit einiger Zeit nicht mehr gesehen hatte. Er war noch nie ein Mann vieler Worte gewesen, doch heute war er ungewöhnlich still. Irgendwann nach dem Kaffeetrinken musste er verschwunden sein. Da ich mich noch gerne dafür bedanken wollte, dass wir heute auf dem Gestüt feiern durften, beschloss ich, ihn zu suchen. Meine erste Vermutung war, ihn bei den Pferden zu finden. Aber der Stall war leer. Die Pferde waren draußen auf der Wiese, aber auch da fehlte von ihm jede Spur. Ich beschloss, im Haus nachzusehen. Vielleicht wollte er sich auch nur einen Moment ausruhen und war eingeschlafen. Ich klopfte leise an die schwere Holztür. Nichts. Ich klopfte noch einmal, dieses Mal etwas lauter. Wieder nichts. Ich wurde unruhig. War dem alten Mann etwas zugestoßen? Ich drückte den Türgriff nach unten. Erleichtert stellte ich fest, dass die Tür offen war. Durch die Diele ging ich geradewegs ins Wohnzimmer. Ich hatte recht mit meiner Vermutung. Er lag auf der Couch und wirkte erschöpft. Ich klopfte gegen den Türrahmen. Denn einfach eintreten getraute ich mich auch nach all den Jahren noch nicht. Max hob den Kopf und ein Lächeln huschte über sein Gesicht. Dann winkte er mich herein.
„Setz dich zu mir, mein Kind."

Die alte Couch gab nach, als ich mich darauf niederließ, und ich rückte noch ein Stück näher zu ihm, damit ich bequemer saß. Dann nahm ich seine alten, von der vielen Arbeit gezeichneten Hände. Sie fühlten sich warm an und hatten etwas Beschützendes. Jetzt, wo ich sie so betrachtete und mit Julias Händchen verglich, musste ich daran denken, was er schon alles erlebt hatte, und was alles noch vor meinem kleinen Mädchen liegen würde. Mir wurde ganz schwer ums Herz. Einerseits vor Dankbarkeit für dieses kleine Wesen, aber auch vor Angst, was das Leben für uns noch alles bereithalten würde. Er drückte meine Hände, fast so, als wollte er auf sich aufmerksam machen.
Ich schaute ihn an und lächelte. „Wo warst du, du hast ja nahezu die ganze Feier verpasst?"
„Nein, ich habe nichts verpasst. Das Wichtigste habe ich von hier aus gehört." Er blickte in Richtung Fenster, das weit offen stand. „Ich habe euch zugehört, wie ihr gelacht habt. Und ich habe Julia gehört, wie sie immer wieder mit Schreien auf sich aufmerksam gemacht hat." Das Reden fiel ihm unendlich schwer. Etwas leiser und langsamer als noch gerade eben sprach er weiter: „Angelina, all die Jahre warst du wie eine Tochter für mich. Ich war nie unglücklich darüber, dass ich keine eigenen Kinder haben durfte. Denn ich hatte die Pferde und ich hatte dich. Das war alles, was ich vom Leben wollte." Ich war so gerührt von seinen Worten. Auch er war wie ein Vater für mich gewesen. Er hatte sich seit dem Tod meiner Eltern vor vielen Jahren immer um mich gekümmert. Er stand mir zur Seite und

hatte immer ein offenes Ohr für meine Sorgen. „Ich bin dir für alles so dankbar."
Er winkte ab. „Mein Kind, das ganze Leben liegt noch vor dir. Ich konnte dich leider nur ein kleines Stück davon begleiten." Jetzt füllten sich seine Augen mit Tränen. Plötzlich bekam ich es mit der Angst zu tun. Was war hier los. Was wollte er mir sagen. Doch er ließ mir keine Zeit für Überlegungen.
Leise sprach er weiter: „Ich weiß dich jetzt in guten Händen. Es ist an der Zeit, dass ich gehe." Mit letzter Kraft umschloss er mit seinen Händen die meinen und formte mit seinen Lippen die Worte: „Versprich mir, dass du glücklich wirst, denn das ist das Wichtigste im Leben." Dann schloss er seine Augen – für immer.

Ach Jessica, ich bin so traurig. Ich konnte doch nicht ahnen, wie schlecht es um Max stand. Aber das Versprechen gebe ich ihm gerne. Ich habe alles, und noch viel mehr, als ich mir je gewünscht habe. Eine wunderschöne Tochter, die kleine Jessica in meinem Herzen, einen bezaubernden Freund, meinen Beruf und zu guter Letzt dich, liebe Jessica. Ich bin dir für alles so unendlich dankbar.

Ich grüße dich von Herzen,
deine Angelina

Ein Jahr später fuhren wir noch einmal auf den Gasthof im Bayerischen Wald, nur Angelina und ich. Ich als erfolgreiche Schriftstellerin und glückliche, entspannte Mutter und Angelina als Besitzerin der Pferderanch und überaus stolze Mutter. Allerdings musste sie auf ihr geliebtes Glas Wein verzichten. Denn Angelina war wieder schwanger, und dieses mal einfach so.

ENDE

Stand 14.06.2014: Auszug: Wie das Landessozialgericht (LSG) Berlin-Brandenburg in Potsdam am Freitag entschied, dürfen die gesetzlichen Krankenkassen unverheirateten Paaren keinen Zuschuss zu einer künstlichen Befruchtung bezahlen. (Az: L 1 KR 435/12 KL) Selbst als freiwillige sogenannte Satzungsleistung ist dies unzulässig.

Politiker wollen gegen Ungleichbehandlung aktiv werden
Auch Politiker sehen sich mittlerweile in der Pflicht, gegen die Ungleichbehandlung und somit Diskriminierung Lediger aktiv zu werden.

In Deutschland werden jährlich rund 10.000 Babys nach einer künstlichen Befruchtung geboren. Die Kosten für eine In-Vitro-Fertilisation (IVF) oder eine Intracytoplasmatische Spermieninjektion (ICSI) werden mit etwa 2.000 bis 2.500 Euro angegeben. (ad)

(Quelle Internet)

Über die Autorin:

Stephanie Hilger wurde 1986 im schönen Bayerischen Wald geboren. Hier lebt sie auch heute noch mit ihren zwei Kindern und ihrem Mann.

Seit sie denken kann schreibt sie Gedichte und Kurzgeschichten. Nachdem sie bei einem Wettbewerb in das Werk der Frankfurter Bibliothek, mit den besten Gedichten 2013, aufgenommen wurde, reifte in ihr die Idee, ein Buch zu schreiben.

Ihr Anliegen ist es, die Menschen zum nachDENKEN zu bringen.

Mehr über die Autorin:

www.geschichten-zum-nachdenken.com

und auf facebook.com/

Weitere Bücher:

Rebecca wuchs behütet bei ihren Eltern auf, die ihr ermöglichten ein völlig normales und weitgehend glückliches Leben zu führen.

Mit dem plötzlichen Umzug steht allerdings auch für Rebecca ein neuer Abschnitt an, auf den sie nicht vorbereitet war. Sie trifft auf einen Jungen, der es schafft, Ihr Leben in einer einzigen Minute auf den Kopf zu stellen.

Und obwohl alles dagegen spricht, fängt Rebecca an zu kämpfen.

Die erste große Liebe vergisst man nie. Sie brennt sich in das Herz und begleitet einen ein Leben lang. Narben, die durch den Kummer über das Ende dieser Liebe entstehen, verblassen mit den Jahren, werden aber nie ganz verheilen.

Dieses unbeschreibliche Gefühl miteinander zu teilen verbindet und schweißt zusammen, auch wenn man irgendwann getrennte Wege geht. Doch was passiert, wenn man nicht die Kraft hat, loszulassen?

Marie lebt in dem kleinen Ort Chamarande, in der Nähe von Paris. Als ihre Mutter Josèphe stirbt, erbt sie das Haus, in dem schon ihre Großmutter Elaine lebte. Mit ihrem Freund Josè, wollte sie es renovieren, die Rosenzucht fortführen, Kinder bekommen und darin alt werden.
Aber das Leben sah anderes für sie vor. Von einen Tag auf den anderen verließ Josè Marie und zurück bleibt nur ein Haus, das dem Verfall geweiht ist und ein ungepflegter Rosengarten, mit dem sie so gar nichts anzufangen weiß. In Ihrer Not vertraut sie sich ihrer Nachbarin an. Wie eng ihr Schicksal miteinander Verknüpft ist, ahnt sie nicht.
Denn Marguerite hat sie bereits erwartet.
Sie überreicht ihr eine Schachtel, in der sich die Lösung für alle ihre Probleme befinden soll. Als sie diese öffnet und die Gegenstände darin erblickt, weicht die anfängliche Skepsis bald blankem Entsetzen. Denn in der mysteriösen Schachtel befindet sich ein wohlgehütetes Familiengeheimnis, das Marie die Türen in eine völlig fremde Welt öffnet.
Doch diese neue Welt birgt auch Gefahren, deren Marie sich anfangs nicht bewusst ist. Einmal in dem Sog gefangen, kann sie sich aber bald nicht mehr gegen das Verlangen wehren.